U0084135

魔豆

魔豆

夜之賢者
Sage of Night 05
香草——著

夜之賢者

—人物介紹—

阿爾文
艾爾頓帝國親王。外表爽朗，實則警戒心重。待人處事嚴謹但圓滑，使眾人相當信服。

沈夜
聰慧溫潤的小說家，意外穿越到異世界。看似無害，關鍵時刻卻十分可靠。

路卡
艾爾頓帝國皇帝。表面溫和好說話，實質腹黑並善於權謀。

伊凡
原是名刺客，現為沈夜
的暗衛。任何人事物都
冷漠以對，只在乎妹妹
賽婭與沈夜。
賽婭
伊凡的妹妹，魔法師。
性格老實溫和，為國內
閃亮的魔法界新星。

夜之賢者

Sage of Night 05

目錄

❀楔子

沈夜來到皇城定居已有一段時日，雖然他現在有了自己的府邸，可是賢者大人卻和阿爾文一樣，三不五時便往城堡裡跑。

一來是有正事與路卡和眾大臣商議；二來，路卡身為一國之君並不能隨意到處走動，而且國家有很多事須要他決定，每天都非常忙碌，大部分時間皆日理萬機地待在城堡裡。

沈夜與阿爾文心疼路卡在城堡裡沒有能說知心話的人，因此只要他們有空，便會到城堡裡陪伴他。

這天，三人喝著下午茶閒聊時，阿爾文對路卡打趣道：「要不，你還是快點娶個女人結婚吧。只要有了繼承人，你就能自由很多。我看最近纏你纏得厲害的那幾位貴族千金都長得不錯，你就從裡面挑一個吧！」

阿爾文這番話雖然現實，聽起來都沒有一點情情愛愛這些浪漫東西，但其實正好說出了路卡現在的處境。

艾爾頓皇室這一代人丁單薄，傑瑞米叛國逃離，阿爾文雖是親王，卻沒有皇室血脈。要是路卡發生什麼意外，國家勢必會動盪不安。這也是爲什麼路卡總是留在皇城裡，明明是個男的，卻比公主還要深居閨中。

皇室婚姻除了感情，更多是政治因素的考量。因此，路卡談及自己的婚姻時並沒有害羞，反而像談及一項生意：「的確，我也差不多該考慮結婚的事宜了。論人品與背景，我覺得瑪雅就很不錯。」

眞是怕什麼就來什麼，沈夜聽到路卡的話，立即被口中點心嗆到，咳了好一會兒才順過氣。

阿爾文拍著沈夜的背爲他順氣，邊笑道：「哎呀！怎麼反應這麼大？小夜你該不會喜歡瑪雅吧？」

就連路卡也打趣：「眞的嗎？那小夜你直說就好，如果你喜歡瑪雅，我自然不會跟你搶。」

沈夜一臉驚駭：「誰說我喜歡她？你們怎會有這麼恐怖的想法!?」

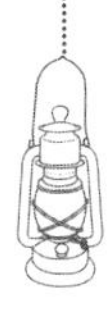

他總算順過氣來，邊說邊喝下一口紅茶。剛剛差點就要嗆死他了！

阿爾文聽到少年否認的話後，繼續語出驚人：「不是喜歡瑪雅？可是聽到路卡想娶她時卻是這種反應……小夜，你該不會喜歡的是路卡吧？」

沈夜再次嗆到！這次口中的不是點心而是紅茶，少年直接噴了坐在對面的路卡一臉！

「……」路卡表示很無辜。

在旁侍奉的萊夫特見狀，吃了一驚，連忙又是讓侍女收拾、又是遞上乾淨的手帕，讓路卡把臉擦乾淨，場面頓時雞飛狗跳。

此時被紅茶嗆到的沈夜仍在瘋狂咳嗽，阿爾文看了看路卡，再看了看沈夜，想不到場面因自己的一句話變得這麼混亂，青年一臉心虛地再次輕拍沈夜的背爲他順氣。

當沈夜總算順過氣來後，他抬頭看著髮絲半濕的路卡尷尬地笑了笑。此時沈夜不禁慶幸自己與路卡的關係很好，而且對方性情溫和，不然他把一國皇帝噴得滿臉水……該不會要被拉出去斬了吧？

路卡見氣氛實在尷尬，瞪了自家兄長一眼後，也沒有追究下去的意思，若無其事地把話題接回去：「小夜，你爲什麼反對我娶瑪雅？她不好嗎？」

沈夜小心翼翼地試探：「路卡，你喜歡瑪雅嗎？」

路卡笑道：「並沒有特別喜歡，但也不討厭。客觀來說，她是個非常適合當皇后的人選。」

聽到路卡的話，沈夜鬆了口氣。要是路卡眞的喜歡上瑪雅，事情就難辦了。

雖然沈夜沒有證據，無法說出瑪雅的家族是敵國間諜，但這不妨礙少年暗中打擊她。

「我之所以反對，是因爲我覺得瑪雅的人品並不好。你們還記得那個冊封我爲賢者的宴會嗎？那時瑪雅與一名女生發生衝突，她雖沒有明說，可是話裡無一不暗示是對方推倒她的。可是我那時正好看見了，明明就是瑪雅故意在那個女生旁邊摔倒，藉此來誣陷她。路卡你娶妻是大事，對方可是會成爲艾爾頓帝國皇后的人，品德是非常重要的擇偶條件。瑪雅這個人太陰險了，所以我才反對你選擇她。」

對於沈夜的解釋，路卡心裡卻是不以爲然。他早已心知肚明，這些權貴子女哪

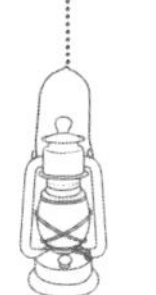

個不精明？誰不是被父母寵大的？他們都有各自的傲氣與心計，難道瑪雅眞如她表現出來的那樣，是隻溫馴的小綿羊嗎？

如果瑪雅眞是朵不諳世事的白蓮花，路卡反而不敢娶她了。身爲艾爾頓帝國的皇后，可以善良，但絕不能天眞愚蠢！

至於瑪雅的手段在沈夜看來是陰險，但在路卡眼中卻只是些小打小鬧。國內的那些千金小姐們，哪一個不想引起他的注意？瑪雅雖然誣陷了佩格，但並未造成太大的傷害，主要還是想引起他的憐惜。對路卡來說，這種小手段還在他可以容許的範圍。

不過，既然小夜不喜歡她的話……那就算了。

路卡心裡閃過各種想法，但也只是一瞬間的事。年輕皇帝臉上不顯情緒，笑容溫柔依舊：「小夜你說得對，那我再考慮看看吧！」

沈夜聽到路卡的話，暫時鬆了口氣，心裡暗自決定這段時間一定要緊盯瑪雅，可別讓她把路卡拐了去！

沈夜卻不知道，他們這些對話很快便傳進瑪雅耳中。

瑪雅對外的表現，一直是朵溫柔善良的白蓮花。尤其她還曾經待過先后身邊，在她有心經營下，城堡裡不少下人都曾受過她的恩惠。

瑪雅並未在城堡直接安插人手，只依靠這些下人傳遞出來的片言隻語來分析想要的訊息。雖然這些下人並非效忠於她，帶出來的消息也都雜亂無章，可是這樣卻相對安全得多，尤其自從路卡登基、將萊夫特提拔為城堡總管後。萊夫特這男人很有手段，城堡都被他打造成銅牆鐵壁。要是她真安插了人進去，難保還未獲得路卡喜愛，便已被人逮住了。

瑪雅知道成為皇后必須要有好名聲，因此她從小便很用心地表現出善良又樂於助人的模樣。在目的達成以前，她絕不容許出現任何差錯，破壞掉她多年來苦心營造的表象。

而她長久的經營也有了回報，回到皇城後，她並沒有直接出面，只是放出風聲，對外表現出對路卡的愛慕與迷戀，便自然有不少人心甘情願為她打探消息。

自從第一次與沈夜見面，瑪雅便感覺這位新出爐的賢者大人對她沒有好感。那時她並未把少年放在眼裡，認爲這個因舊情而被路卡捧出來的賢者大人並沒有眞材實料，再風光也風光不了多少時日。

怎料沈夜卻出乎意料地能幹，而且深得路卡的喜愛與信任。最重要的是，路卡表現出想要娶她的意願時，沈夜卻以她的品德問題出言反對！

那傢伙竟敢這麼做！不知道她盼這一天盼了多久嗎!?

而且路卡還眞因沈夜的話，擱置了娶她爲后的想法！

瑪雅緊握著拳頭，連掌心被指甲戳破、流出了鮮血也不自知。

「沈夜，既然你要攔我的路，就別怪我踹開你這顆擋路的石頭了！」

Chapter 1
賢者出行

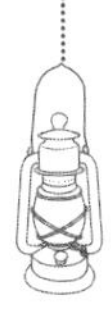

柯特身為賢者大人的護衛隊隊長，與總是隱藏身影、貼身守護沈夜的伊凡不同，他除了操心府邸的防護外，還要負責整片領地的安全。

沈夜剛到皇城時，路卡他們原本打算留沈夜在城堡居住，建造這座府邸只是做做樣子。雖說無論是沈夜的府邸還是領地，他們都是挑最好的，並未因此偷工減料。可是因為正主不在，派來這裡的護衛人數並不算多。

後來沈夜離開城堡，來到賢者府居住，路卡本想多派些人過來保護他，只是每個領地的護衛人數都有限制，加上當時沈夜成為賢者沒多久，並未太引人注目，特意加派護衛反而會造成反效果，因此最後決定維持原狀。

之後沈夜去了趟弗羅倫斯帝國，他的名聲開始在國外散播開來。慕名而來的人多了，路卡名正言順地加派一隊精銳前來保護。這時一眾大臣已察覺到沈夜對國家的重要性，雖然路卡的做法有些不合適，卻沒有人說什麼。

除此之外，借住在賢者府邸的阿爾文也帶了部分親信過來，結果這些人全都交由柯特管理，使青年原本悠閒的生活頓時變得忙碌起來。尤其最初那段磨合的日子，柯特可說是忙得昏天黑地。然而能統理如此強大的精銳，柯特又覺得特別有面子，因此這段時間他可說是痛苦與快樂並存著。

一開始，路卡與阿爾文並不確定沈夜會不會搬去府邸生活，但他們仍精挑細選出護衛長人選。能被皇帝陛下選上並肩負起護衛沈夜的責任，柯特除了身手不凡外，其他方面的能力也不俗，加上性格樂觀健談，絕對與沈夜很合得來。

下調令時，路卡並未向柯特隱瞞賢者府的狀況。其實，柯特一聽聞自己被調來護衛這座不知會閒置多久的府邸時，曾十分猶豫。但軍人服從命令的習慣，讓他沒有拒絕這道調令。況且柯特也有他的小心思，知道以路卡的性格，絕不會讓自己一直埋沒在這裡。即使現在受點小委屈，但陛下往後總會用別的方式補償他。

雖然心裡這麼想，可是護衛著一棟空房子，柯特還是有些忐忑不安。幸好沈夜很快便搬進來，府邸有了主人後，柯特才覺得自己並沒有下錯決定。

沈夜搬進賢者府時，正因研發出溫室種植而在國內變得非常有名氣。不過因爲這只是他的第一個功績，還不到驚才絕艷的程度，那時柯特的護衛工作還是相對輕鬆。而沈夜平易近人，加上柯特本身自來熟的性格，兩人很快便打好了關係，相處得不錯。

後來沈夜又陸續推出一些發明，研究出新的造紙技術，還順道帶動了活版印刷。現在紙張已在市面上流通，人人都對這些輕便易攜的紙張讚不絕口。紙張比起一卷卷羊皮紙方便多了，不僅便宜，而且沒有那種不好聞的氣味。很快地，紙張便取代原有的羊皮紙，成爲人們最常用來書寫的工具。

沈夜對國家的貢獻無疑是巨大的，到了此時，再也沒有人說這名年輕賢者的發明只是偶爾爲之的小聰明。沈夜利用他的真材實學，贏來所有人的尊重。而柯特，甚至賢者府的所有人，也都以自己能爲賢者大人工作爲榮。

今天是難得的假期，柯特拿著一籃沈夜給他的水果，興高采烈地前往湖畔花園。

這位賢者大人實在是非常有趣的人，喜好與一般貴族十分不同。自從他搬進賢者府，整棟府邸改建最多的地方就數裡面的花園了。現在花園栽種的，已不再是各種艷麗名貴的花朵，而是各式各樣的水果與香草。沈夜還讓人建了一間巨大玻璃溫室，裡面種有一些比較嬌貴，又或者是不符時節的水果。

柯特很快便發現，原來栽種植物是沈夜的小興趣。當柯特第一次看到尊貴的賢者大人像個農民在挖泥時，都以爲自己產生幻覺了。

沈夜閒著無聊時喜歡親身感受種植的樂趣，但這終究只是興趣，佔地這麼大的溫室與花園當然不是他獨自一人能管理得來。即使沈夜想做，伊凡與賽婭也不願讓少年太過操勞，因此這些植物平常都會交由專人照料，種出來的水果都是飽滿多汁、甜美非常。

有時沈夜會把多出來的水果分送給下人，而柯特手中籃子裡放著的，就是沈夜送給他的草莓。

這些草莓顆顆豐滿多汁，嬌嫩鮮紅的色澤看起來十分討喜。這種水果並不是艾爾頓帝國的原生種，在國內本就不常見，不是一般平民能消費得起，而且從國外購買的草莓，也很難有這麼好的賣相。

何況現在早已過了草莓收成的時節，加上溫室種植才推行沒多久，人們大都用來栽種糧食，所以這些草莓可說是艾爾頓帝國的獨有之物。這讓柯特對自己能拿這些草莓來當禮物充滿了自豪感，有自信對方一定會喜歡。

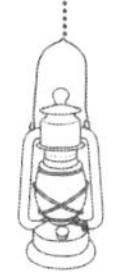

果然，當他來到相約地點，把這籃水果送給對方時，柯特的心上人——一位美麗的少女，靛藍眼眸立刻閃現驚喜光亮，看得出來她非常喜歡這份禮物。然而少女略微猶豫後，卻是搖首拒絕：「這時節的草莓有價無市，太貴重了，我不能收。」

柯特笑著把籃子交到少女手上：「這是賢者大人給的，並不花錢，妳不用覺得不好意思。而且妳上次送的護身符我很喜歡，這些水果算是我的回禮吧！」

少女聽到柯特這麼說，這才接過東西，並回以一個柔美的笑容：「那謝謝你了。這應該就是賢者府溫室所種植的水果吧？賢者大人真是了不起。」

柯特聞言，立即與有榮焉說道：「是啊，賢者大人可厲害了！我告訴妳……」

青年一臉驕傲地說著沈夜的事情，一旁的少女微笑著專心聆聽。兩人四周盛放鮮花，湖水碧波蕩漾，路過的旁人看到這唯美又溫馨的景象，臉上都帶著微笑，並忍不住放輕了步伐，深怕打擾到這對相襯的年輕男女。

□

沈夜在辦公桌上工作了一整個上午，現在很多事情已步上正軌，而他這位賢者大人也愈來愈忙碌了。不過，沈夜倒是很喜歡這種狀況，只要一想到自己帶來的知識能使國家步向更好的未來，便覺得很有成就感。

決定先休息一下的沈夜，伸了個大大懶腰，想趁午飯時間前去溫室閒逛一下，才剛走出花園，便遠遠看到滿臉春風的柯特從外面回來。

沈夜看到青年逕自傻笑著的模樣，打趣道：「那籃草莓的效果似乎不錯，那位小姐喜歡你送的禮物吧？柯特你可要加油了，我等著看你抱得美人歸呢！」

柯特向沈夜行了一禮，然後喜孜孜地笑道：「眞是多謝大人您送的水果了，她很喜歡，我們還約了下次見面的時間。」

侍奉在旁的賽婭聞言，笑著爲柯特打氣：「女孩子願意和你再相約見面，而且先前還送你護身符，顯然對你的印象不錯，加油！」

柯特有些害羞地搔了搔臉，然而看到從屋裡走出來的小身影時，笑容頓時僵在臉上。

來者正是喬恩。這個被沈夜撿回來的小女孩在這裡生活一段時間後，已脫胎換骨成另一副模樣，沒了當初皮黃骨瘦的樣子。不僅身上長了肉，皮膚更是變得粉粉嫩嫩，很討人喜歡。

身為沈夜的養女，喬恩算是這座賢者府的半個主子。這孩子脫離了經常被打罵又捱餓的生活，再加上沈夜的細心照顧後，不光是模樣變漂亮，就連性格也開朗不少；雖然仍舊十分怕生，但對於熟悉的人物和環境，卻不再像以前那樣畏縮。

柯特還記得喬恩初來這裡時，小小的動靜便能嚇得這孩子猶如驚弓之鳥。也許是因為陌生的環境使喬恩沒有安全感，只要沈夜或負責照顧她的賽婭不在，她便睜大充滿恐懼的雙眼打量著四周，那副小模樣就像一隻被逼入絕境的小獸。

每每柯特回想起喬恩初來賢者府的那段日子，都會覺得很心疼，因此他總對這孩子特別照顧、也特別有耐心。

喬恩非常乖巧，不吵不鬧又很好照顧，而且非常容易滿足、不刁蠻，是個十分惹人疼的孩子。

直至某天，喬恩向他們展現了她潛藏的一面……

柯特記得那天他看到喬恩不小心摔倒在地，他連忙上前扶起孩子，卻看見這個身上總是帶著不諳世事的天眞、眼神總是清澈懵懂的小孩，竟突變成另一副模樣！

明明外表仍然是同一個人，可是那時喬恩眼中彷彿爆發著風暴，怒氣沖沖的模樣簡直就像換了個人！

喬恩發怒的模樣十分凶殘，饒是見過血的柯特也被她的氣勢弄得愣了愣，隨即便見一個放大的拳頭從眼前迎面而來。因爲柯特對喬恩從未防備，再加上被孩子突然的變臉嚇到，一時間沒反應過來；結果身經百戰的柯特，就這樣被喬恩一拳擊中鼻梁，瞬間痛得淚水直流。他伸手往鼻子一抹，竟然流鼻血了！

柯特被擊中鼻梁時，慘叫聲著實慘烈，待在府邸裡的沈夜等人都被驚了出來。沈夜看到喬恩的模樣，默然了一秒，這才把孩子的特異告訴賢者府的眾人。直到那時，柯特他們才知道喬恩還暗藏著另一種人格，而且這黑化的人格能自主出現。

根據剛剛黑喬恩攻擊柯特的情況，沈夜他們大膽猜測，當喬恩受了傷、或者感到痛楚的時候，黑化的人格就會有失控的現象，變得特別暴力。

而很不幸地，柯特在孩子摔倒時正好在她身邊，結果便被失控的喬恩所誤傷。

喬恩明明沒有鬥氣，可是失控時除了性格變得凶殘，力氣與速度也都提升，就連柯特也在驟不及防下中了招。眾人無法解釋這種奇怪狀況，不過這孩子本身就很不一般，他們覺得要是再有什麼奇特事情發生在她身上也不足爲奇。

後來還是博學多聞的賢者大人解釋道，人類的力量與速度本就不只有平常表現出來的程度，只是爲了避免超出身體負荷，大腦會對身體所能發揮的力量設置限制。而喬恩在失控時掙脫了大腦的束縛，身體發揮出近百分之百的力量，便能解釋這種狀況了。

喬恩每次人格暴走後都會變得非常疲憊，幸好並未對身體帶來太多負面影響，只要喝些補充體力的藥劑就好。對身爲藥劑學徒的喬恩來說，她身邊最不缺的就是藥劑。

雖然眾人對喬恩的狀況感到很不可思議，但那時他們已和喬恩生活了一段日子，也眞心疼愛這個乖巧的小孩。因此，最後大家都接納了喬恩另一個人格，並跟著沈夜一起暱稱她爲「小黑」。

在外人面前，喬恩仍是那名膽怯的小女孩；然而面對府邸內的自己人，黑喬恩卻不再繼續隱藏自己的存在。府邸裡唯一不知道黑喬恩存在的人，恐怕就只有喬恩的主人格了……

或許感受到眾人對自己全心全意的接納，喬恩適應新環境後，膽子也開始大了起來。她就像一隻養熟了的貓咪，一開始總是蜷成一團躲在角落，小心翼翼觀察著周遭，發現沒有危險後，便試探地向主人撓一下爪子，然後再飛快地躲回角落；見主人沒有生氣，便再撓一下，直到試探出對方的底線，便開始到處撒歡了！

尤其是黑喬恩，在這裡她根本不用偽裝自己，想怎麼鬧便怎麼鬧，開心肆意得不得了。

雖然喬恩這孩子一切都朝好的方向發展，不過沈夜對黑喬恩的暴走行爲卻傷透了腦筋。柯特還是第一次看到賢者大人這麼苦惱的模樣，甚至好幾次發現沈夜拿著紅色絲巾在喬恩面前使勁甩動，想試驗小孩到底是對鮮血有反應，還是看到紅色物品就會「變身」。

面對沈夜頻頻抽風的行徑，眾人從一開始的驚訝，漸漸變成淡定地無視。

不過也多虧他鍥而不捨地測試，這才確定讓黑喬恩暴走的原因，是她自己本身的傷口與疼痛，而紅色物品又或者別人的傷勢都不會對她造成影響。

知道原因後，沈夜不禁懷疑在翠羽森林時，喬恩想要把他推下懸崖，是不是因爲他替小孩處理傷口時弄痛了她，以致黑喬恩失控進入狂暴的狀態……想到這裡，沈夜便一陣心塞。他竟然因爲這種奇葩原因差點死掉耶！

至於柯特，他一開始並未將喬恩的事情放在心上，青年很天真地認爲只要不在對方受傷時接近就沒問題。然而當喬恩正式鑽研藥劑後，他們護衛隊便開始遭殃。

準確來說，是喬恩每次做出成品、需要找人測試效果時，他們就會遭殃……

其實喬恩還是很靠譜的，讓護衛們試驗的都是她很有信心的水準之作，在有把握的前提下才會讓他們喝。而且以喬恩初學者的程度，現在也只能做出一些補充體力之類的低階藥劑，即使失敗，也只是治療達不到應有效果，絕對喝不死人。

問題在於，當他們的小天使喬恩努力練習製造藥劑時，黑喬恩的興趣卻完全不在此。雖然她同樣有著藥劑大師的傳承，可是人家小黑喜歡研究的是毒藥！

於是護衛隊便悲劇了。

誰教他們是府邸裡身分地位比她喬恩小姐低、又是身體最強壯的那群人呢？根本是試驗毒藥與藥劑的不二人選啊哈哈哈！

柯特的回憶到此爲止。他決定不再多想，想多了都是淚。

此刻柯特的全副心神都放在迎面走來的喬恩身上，心裡評估著這個喬恩到底是白的還是黑的，衡量著自己須不須要撤退。

可惜黑喬恩太會裝了，除非失控又或者她自己願意，不然柯特根本看不出破綻。直到看到孩子露出不懷好意的笑容時，想逃已經來不及了！

「柯特，你回來了嗎？正好，我剛剛研究了一種無色無味的瀉藥，想要找人試一下效果。」現在的喬恩穿著可愛的小洋裝，看起來就像一尊洋娃娃。爲什麼如此可愛的一個孩子，要如此凶殘地去研究毒藥啊!?

柯特聽到這次竟然還要試吃瀉藥，都想向她跪了：「喬恩，賢者大人不是買了銀耳兔讓妳養嗎？妳怎麼不拿牠們來試藥呢？」

青年說的銀耳兔，此刻正亦步亦趨地跟在喬恩身後。牠們是十分容易飼養的低階魔獸，外表看起來就像長得特別圓潤的垂耳兔，全身雪白，只有耳朵末端帶點微不可見的銀白，全身看起來就像一團白色毛球。

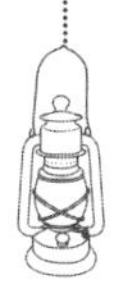

這些銀耳兔是喬恩初來賢者府時，沈夜買給她的寵物。喬恩非常喜歡，珍惜得不得了。每隻兔子都養得肥肥白白，抱起來的手感更是讓人愛不釋手，深受賢者府內一眾女性的喜愛。然而柯特每次看到這些肥嘟嘟的毛球，總是很不解風情地想到出任務時吃的烤野兔……

原本當初買下來的銀耳兔只有兩隻，可是最近誕生了一窩小兔後，無論喬恩走到哪，身後總有一堆白色毛團尾隨著。

低階魔獸聽不懂人類語言，但不知是不是柯特那想讓銀耳兔代自己試藥的惡意太明顯，這些銀耳兔在他的目光下瞬間炸毛，並驚恐地縮堆成一團。

黑喬恩聞言挑了挑眉，眼神充滿譴責地說道：「可是銀耳兔的腸胃很弱，受不了我的瀉藥耶！柯特哥哥，你不想幫忙也不能這樣！」

柯特乾笑了兩聲：「呵呵，不是我不想幫忙，只是我今天放假呢！要試藥的話，妳可以找其他護衛。」

聽到柯特的話，一旁正在巡邏的護衛刷刷刷地看過去。

柯特卻是毫不尷尬地回望，眼神毫不相讓。

雙方目光頓時迸發出火花，沈夜彷彿還看到了閃電的效果⋯⋯

沈夜見護衛們實在可憐，笑著岔開了話題：「今天商隊會回國一趟，喬恩妳要去看看嗎？」

少年的話成功勾起喬恩的興趣。一開始來到賢者府時，喬恩總是有種寄人籬下的感覺。為了彰顯自己的用處，便一頭悶進研究藥劑／毒藥的工作，好久沒有到外面看看了。

後來當她適應了這裡的生活，正好銀耳兔生下一窩小兔，喬恩稀罕得不得了，這幾天都一直留在家裡玩兔子。

見喬恩點頭，並且未再提起試藥的事，柯特與兩名巡邏的護衛皆鬆了口氣。

當沈夜上前牽起喬恩的手時，賽婭並沒有像往常那樣跟隨著上前，而是臉上閃過一絲猶豫神情。

沈夜見狀，頓時想起了什麼，笑著擺擺手：「賽婭妳今天不是要去布倫丹那裡嗎？就不用跟著我們了。」

見賽婭還是很猶豫，柯特熱情地拍拍胸口：「反正我今天有空，就陪賢者大人

一起走好了。」

柯特性格開朗，是府邸中與喬恩關係很好的人之一。而且青年身爲護衛隊隊長，武力值也不低，有他同行，再加上伊凡暗中守護，賽婭很是放心。於是她便笑著謝謝他們的好意，依約前往布倫丹的法師塔，進行日常的魔法練習。

Chapter 2
失蹤的賢者

沈夜原本想帶著毛球一起去，只是毛球熟悉皇城生活後，便經常獨自外出、不見蹤影。一開始沈夜還有些擔心，害怕牠單獨在外會受到傷害。後來還是路卡幫忙派人留意毛球的行蹤，發現原來牠都飛到郊外去玩了。

沈夜想了想，覺得把毛球束縛在人類城鎮並不好，加上路卡這位皇帝對獅鷲的偏愛，使艾爾頓帝國的人民對獅鷲特別包容。因此，沈夜便任由毛球到處遊蕩，只要晚上知道回家就好。

反觀小葵，雖然個性比毛球活潑，還經常耍寶，但也許是植物的關係，平常沒事時倒是顯得很安靜。它最常做的，便是跑到沈夜頭髮上，又或者找一處喜歡的位置紮根、曬太陽，常常紮了根便大半天都不動。溫室和花園的泥土上那一個個小坑洞，就是這株靈草的傑作。

沈夜想到小葵來到艾爾頓帝國後一直窩在賢者府中，便邀請它一起外出逛逛。原本小葵正將根部埋在泥土下、悠閒曬著太陽，聽到沈夜與喬恩他們要外出，立即從泥土中拔出根部，邁著大叔步豪邁地跑啊跑，嗖地跳到沈夜頭上。

頓時，沈夜頭上頂著一朵小小向日葵，花朵一副悠閒的模樣，朝著太陽方向展開它的枝葉。

眾人：「……」

這副頭頂開花的模樣實在很蠢，沈夜立即抗議：「小葵，你不是答應過我，外出時要藏在我的頭髮裡不讓人看見嗎？要是不乖，我就不帶你一起走了。」

看著小葵在沈夜頭頂扭動身體表達不滿，一旁的黑喬恩用看好戲的神情哈哈大笑。

柯特見狀，不禁嘆了口氣。

一個兩個都不讓人省心的……

最後還是沈夜獲勝，小葵垂下枝葉一副無精打采的樣子，縮小了身形藏身在少年髮中。明明是一朵沒有五官的花，卻硬是讓人看出委屈沮喪的模樣。

雖然知道小葵那副可憐樣是裝的，不過沈夜還是心軟地許諾，回家後會給它一罐最高級的花肥，於是看起來要死不活的小葵立刻滿血復活了。

自從沈夜他們去了趟弗羅倫斯帝國、簽定眾多合作項目後，兩國的交往便變得頻繁許多。這倒便宜了沈夜新組織的商隊，暢行無阻地往來兩國進行貿易。

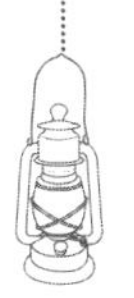

在這個世界裡，國與國之間的貨幣並不流通，因此沈夜的商隊都是採取以物易物的方式交易。

與他國貿易能獲得不少利益，利潤也比單純做國內生意多上許多。有時在艾爾頓帝國沒什麼作用、卻很有當地特色的貨物，拿到弗羅倫斯帝國往往能換到不少好東西。雖然有不少商隊看到這項商機後，頻頻往弗羅倫斯帝國跑，可是終究不及沈夜商隊獲得的利潤那麼驚人。

畢竟沈夜背靠大樹好乘涼，先不說他的商隊是路卡欽點爲皇室進行交易的，光是賢者大人的名號，便能讓各個關卡大開方便之門。放在中國古代，這批商隊可是正經八百的皇商呢，可不是其他商隊能比得上的！

沈夜推出紙張不久後，用紙張製造而成的書籍也相繼面世，頓時風靡了整座帝國。商隊此次出行，沈夜還交給成員少部分新式書籍，換回了大量奢侈品。現在紙的製造方法仍是由國家掌控，雖然有不少人買回去後進行研究，可是誰都弄不清楚這種又薄又能在上面書寫的東西是如何製造的。

商隊獲得的巨大利潤，再加上紙張等物品的抽成，沈夜在短短時間內便成爲富可敵國的富豪。少年利用這些錢作爲研究資金，投資在研究其他事物上。畢竟沈夜雖抄錄了不少來自地球的知識，但很多東西只知道製作方法卻不懂原理，而且有些也須經過改良才能更適用於這個世界，因此各方面的研究是必需的。

另外，沈夜也投資大量資源在自己身邊的人身上，尤其是剛開始接觸藥劑與毒藥的喬恩，沈夜不得不驚訝於藥劑師燒錢的速度，心裡慶幸著現在自己經營了不少高收入項目，不然還眞養不起這位小小藥劑師。

每次商隊回國，沈夜都會前來這座位於帝國邊境的小鎮視察。雖然貨物最終會送到皇城、交給沈夜這個幕後大老闆過目，理論上沒必要跑這一趟，可是有不少商隊成員會各自帶回一些小東西，沈夜對此相當有興趣。而且這城鎮是商隊回國的必經之路，沈夜也想順道看看其他商隊的貨物。要是有特別的物品，少年便會立即與對方進行交易。

因此迎接商隊一事，沈夜可謂樂此不疲。反正皇城有傳送陣直接將他傳送過去，雖然所需費用不菲，但對現在財大氣粗的沈夜來說，也只是浪費一些小錢，有時得到的回饋遠超過路費的支出。

商隊眾人都很喜歡這位平易近人的賢者大人，每次出國行商，他們都會買一些小禮物送給他。雖然這些東西並不值錢，卻包含著他們滿滿的心意。

沈夜從商隊眾成員手上獲得一些美味的零嘴，以及很有特色的小玩意兒後，便牽著喬恩，開始檢視商隊帶回來的各種物件。

少年成立這支商隊的目的除了賺錢外，還希望商隊能成爲自己探索這個世界的眼睛。因此，他要求商隊成員在路途中若遇上一些不知用途的東西，即使只是植物或石頭，也須記下地點，並帶一些樣本回來。

沈夜的要求有點奇怪，但反正不怎麼麻煩，因此商隊每次外出都會盡責地執行。雖然很多時候帶回的都是一些沒用的物品，可是偶爾也會出現驚喜。

而這次，沈夜的運氣很好。因爲他在一堆雜物中挑挑揀揀看了一會兒，竟被他找到一塊煤！

在這個世界，人們大都是用柴薪作爲燃料。至於像是煉鋼等須要使用火的工作，要不運用魔法，要不使用火系魔獸的獸核，再不然就像弗羅倫斯帝國那樣，借助靈草的力量。

如果有了煤，人民便多了一個選項。

其實沈夜從地球帶來的知識，除了溫室種植、造紙術之外還有很多。而煤這個物質，少年有著路卡他們的支持，要讓人找出來也只是一句話的事。

加上他覺得與其花費太多人力、物力來創造新事物，倒不如把資源投放在這個世界現有的東西上，因此他才會讓商隊順帶找新奇的事物。沈夜不求他們特意去尋找，找到有用的東西便算緣分，找不到也不可惜。

隨即，沈夜更想到石油與天然氣，不過很快便把這想法放到一旁。正所謂一口吃不出胖子，光是探勘煤礦並推廣用途，就要一段不短的時間。何況人民也需要時間適應，一下子推出太多種新燃料，只會讓他們感到混亂與無所適從。

最重要的是，沈夜一向不貪心，對這個擁有各種不可思議力量的世界來說，挖掘出煤的功用已是錦上添花的事。何況在地球，燒煤總是帶來各式各樣的環境污染，要是這些問題沒有改善之道，還不如讓這種燃料繼續被埋沒得好。

雖然不知最終會不會推行煤這種燃料，可是商隊帶回煤礦對沈夜來說也是意外之喜。心情大好的沈夜決定今天要好好慰勞自己，帶著喬恩來到位於鎮口附近的小吃街。

這條小吃街販售著各式各樣小吃，沈夜每次察看過商隊帶回來的貨物後，都會拐到這條小吃街嚐嚐美食。這裡的食物用料雖然只是一些廉價的食材，可是味道卻很不錯。

可惜自從某次沈夜吃壞肚子後，賽婭總說街上的東西都不乾淨，不讓他吃得太多。沈夜知道女孩是爲了他好，也不想浪費她的好意，只得應允下來。從此沈夜來到小吃街只能淺嚐即止。

現在賽婭不在身邊，少年簡直就像餓了很久、驟然看到鮮肉的狼，雙眼都快要冒火光了！

同樣冒著火光的，還有一隻被暱稱爲「小黑」的小狼……

柯特看著這雙目發光的一大一小，都不知該不該提醒他們，賽婭現在人是不在這邊，可是她的兄長還不知在哪裡看著呢！

沈夜看到喬恩的樣子，立即察覺到小黑又冒出來了。雖然兩個人格使用同一副軀體，可是現在沈夜愈來愈能分辨她們誰是誰，何況，黑喬恩一向不對沈夜有所僞裝。

「小黑，妳怎麼又出來了？」

黑喬恩自從獲得藥劑大師的傳承、爲了煉製藥劑而修練精神力後，便愈來愈能在自己與主人格間轉換自如。

小黑這個第二人格雖然刁蠻，卻意外地疼惜主人格。就拿這次爲例，黑喬恩出門後便換回主人格，讓她能在沈夜檢視商隊時挑選自己喜歡的小玩意，順道外出散散心。

直至喬恩玩夠了，小黑才又換回來。黑喬恩聽到沈夜的詢問，理所當然地說道：「反正她不喜歡小吃街這種人多又擁擠的地方，而且她一向喜歡吃清淡的食物，不如就換我出來啦！」

說到食物，喬恩蜜色的眸子頓時一亮。沈夜見狀，笑著拍了拍孩子的腦袋，道：「知道了，小饞貓。」

喬恩是個不被期待的生命。她的母親是名妓女，某次工作後意外懷上了她；她連自己的父親是誰都不知道。喬恩的母親原本並不想要這個孩子，只是發現懷孕時已晚，加上身體不好無法動手術，逼不得已才生了下來。

那女人並不喜歡喬恩，但終究是自己的親生孩子，有得吃的時候便給她一口，就這樣餓著餓著，倒是養大了孩子。那些年來喬恩到底受了多少委屈、有多孤獨，完全不是外人所能理解的。

這孩子從未被人溫柔對待，沈夜是第一個向她伸出援手的人。在相處過程中，即使是那個自私蠻橫的第二人格，也不禁將少年放在心裡一處特別的位置。

喬恩被沈夜輕拍腦袋時，下意識地蹭了蹭少年的手掌，看起來就像隻正在撒嬌的貓咪，說著：「我要吃烤肉串。」

沈夜笑著應允：「好。」

獲得少年的許諾，喬恩笑彎了眼睛。她覺得自己愈來愈嬌氣了，以前能吃飽已是幸事，哪還有挑剔味道的權利？

爲了生存，什麼難吃的東西她都曾吃進肚。那時她並不覺得委屈，可現在回想起來，卻突然感到一陣心酸。

也許，正因爲現在有了在意自己的人，才特別容易感到委屈吧？在以前，無論她多難過，都不會從他人身上獲得絲毫憐憫。從小，喬恩便明白一個道理，淚水只能展露給重視自己的人看；不在乎的人，看到她委屈難過時，只會嘲諷與恥笑她的無能。

沈夜見孩子突然兩眼濕潤、一副快哭出來的模樣，連忙抱起她，哄道：「怎麼了？我又不是不讓妳吃，哭了就不漂亮啦！」

若是以前的喬恩聽到沈夜哄孩子的語氣，一定會覺得很幼稚，但現在卻感到十分暖心。

孩子雙手環抱著沈夜脖子，把頭埋在對方臂膀上。原來有人疼、有人哄，是一件多麼溫暖幸福的事。

黑喬恩難得的脆弱有些嚇到沈夜，雖然孩子並未哭出來，可是那副委屈的小表情看得他心裡一抽一抽地痛，問她爲什麼不開心，這孩子偏偏就是不肯說，充分演繹了「寶寶難過，但寶寶不說」。

沈夜爸爸完全拿喬恩無可奈何，明明以前養兩名小皇子時都沒有出現過這種狀況啊？

難道女生就是多愁善感嗎？可是賽婭小時候都不會這樣……

沈夜卻不知道，如果一開始他是像教育賽婭那樣讓喬恩當侍女，而不是當成女兒來疼，這孩子反倒不會表現得如此嬌氣。

少年心心念念地要讓喬恩開心起來，看到什麼好吃的便買下來給孩子，想讓她高興一些。

這可苦了跟隨他們一路的柯特，喬恩吃不完的食物全都交給他拿著。以串燒爲例，往往孩子嚐鮮一口後就不吃，很快把目標轉移到其他食物。偏偏沈夜這時可不敢責怪她，就怕又弄哭了孩子。

喬恩把不吃的交給柯特拿著，沈夜不想浪費，則從柯特手中接過來，慢慢將剩下的食物吃進肚，不知不覺已吃了很多。

突然，旁邊飛來一枚小石子，擊中了柯特腰間，力道雖不大，卻讓青年感到有些疼痛。柯特朝四周望了望，只見伊凡站在不遠處，一臉不贊同地皺起眉頭，下一秒又隱身人潮中。

遭石頭攻擊的柯特覺得自己真的好無辜，嘆了口氣，對沈夜說道：「賢者大人，您和喬恩已經吃得夠多了。再吃下去，說不定會像上次那樣肚子痛啦！」

沈夜吃得興起，被柯特一提醒，才發現肚子已吃得很撐了，想來喬恩應該也是一樣，於是連忙制止孩子不讓她繼續吃下去。

少年回頭看到跟在身後的柯特雙手滿是食物，有些傷腦筋，想不到他們不知不覺買了這麼多。

把這些東西全都吃光嗎？但又實在太多了……雖然可以打包食物帶回府邸，反正他沒有一般貴族的顧慮，覺得把吃剩的食物帶回家很丟人（其實貴族根本不會去吃這種路邊攤），只是一想到帶回去的話就會瞞不住賽婭……

沈夜一臉苦惱地看了看那些小吃，再看了看柯特。一旁的喬恩理解過來，瞇起眼眸笑道：「柯特，一路上辛苦了，我們請你吃東西。」

柯特苦笑地道了聲謝，心裡邊流淚邊抱怨早猜到會這樣。

不過賢者大人和喬恩眼光不錯，買回來的這些小吃還滿好吃的……

小吃街盡頭有一處很大的廣場，那裡有不少人賣藝表演。沈夜每次來此都會習慣走去湊一下熱鬧。

因爲這個世界有魔法這種不科學的存在，街頭賣藝的形式可比地球多上許多，沈夜每次都覺得眼睛快不夠看了。

雖然這些賣藝者的魔法能力並不高，可是做出來的動作流暢又炫目，視覺效果一流，吸引了大批觀眾。

就像沈夜現在觀賞的表演，表演者讓火光凝聚成不同的小動物，每隻小動物都活靈活現。而這些火花看起來雖燦爛奪目，卻不燙人，沒有殺傷力。

只見各種由火光凝聚成的小動物正拿著小籃子，穿梭在人群中討賞錢，因著動物的造型嬌憨討喜，沈夜也丟了一些銀幣進去。

然而就在此時，異變突生！

那些凝聚成動物形貌的柔和火光突然成了一道道熾熱火柱。廣場上人群頓時騷動四起，互相尖叫推擠著往後退。沈夜身前的小動物同樣也變成火柱，少年連忙推開喬恩，以免孩子被火焰灼傷；柯特只來得及抱起快要摔倒的喬恩，便立即被人潮帶走。

此時場面非常混亂，沈夜甚至還看到有人不慎摔倒，被後面擠來的民眾踐踏。沈夜大聲呼叫了幾聲，想讓旁邊的人空出位置，可惜眾人都慌了；而摔倒的那人發出幾陣慘叫後便沒了聲息，不知是生是死。

所有人都拚了命往外擠，身處邊緣的人還不知發生什麼事，有些人則跟著人潮先逃了再說，有些人仍在觀望，有些人甚至還想擠進去看看到底出了何事。

柯特想折回去尋找沈夜，可是這麼混亂的狀況下，他可不敢獨自留下喬恩。想到伊凡也在場，對方應該不會讓沈夜出事，現在他要做的便是保護好孩子。於是青年只得按捺心中焦慮，努力護住懷中小孩，不讓慌亂的人群擠壓到她。

很快地，衛兵趕了過來，但場面被控制下來後，柯特仍不見沈夜蹤影。他連忙把喬恩交給其中一名衛兵看照，自己則回到出事地點尋找沈夜。

柯特來到剛剛出事的廣場，四周仍能見到被火焰燒得焦黑的痕跡。廣場地面散落著不少民眾逃走時落下的物品；地面有一些傷者的血跡，耳邊還傳來一些受驚民眾崩潰大哭的聲音。

青年走了一圈仍沒有找到沈夜，看了看正接受治療的傷者，發現當中並沒有自己找尋的那名少年時，不知該慶幸還是失望。

慶幸沈夜沒有受傷，失望自己沒找到人。

在出事地點沒有收穫，柯特只得先從衛兵手上接回喬恩，並請衛兵幫忙留意沈夜的蹤影。

然而，隨著傷者與圍觀民眾陸續離開，仍沒看見沈夜身影，柯特立刻覺得不對勁了！

明明在傷者中沒看到沈夜，爲何這麼久還不見他現身呢？以少年的性格，絕不可能連平安也不報一聲就逕自回家啊！

與柯特同樣焦急的還有喬恩。危險發生時，沈夜立刻把喬恩推到柯特身邊。正因爲有武藝高強的柯特保護，喬恩才能在這場災難中安然無恙。

可是爲了保護喬恩，沈夜卻被人群沖散了，柯特也因懷中抱著孩子而有所顧慮，無法立即衝去護衛沈夜。現在少年不見蹤影，喬恩不禁內疚萬分，覺得沈夜不見是自己害的。

「柯特，我們現在該怎麼辦？」喬恩努力想著沈夜可能會去的地方，可惜卻是茫無頭緒。雖然黑喬恩遠比主人格堅強獨立，但終究只是個孩子，這種時候難免慌張失措，下意識依賴起身邊的成年人。

柯特思考著眼前狀況：「騷動發生時，現場除了我們三人，還有伊凡在。如果伊凡找不到賢者大人，必定會與我們會合。但現在伊凡也和賢者大人一樣不見蹤影，也就是說，他很有可能正待在賢者大人身邊。何況還有小葵呢！照理說，應該不用擔心賢者大人的安全才對，可是怎麼會到現在都還沒出現呢？」

想到這裡，柯特覺得事情實在太奇怪了。因爲之前青年心思都放在尋找沈夜一事上，因此並沒有注意到這場騷動的不尋常處。現在靜心下來仔細一想，那些賣藝者都是一些沒什麼魔法天賦的人，可是看剛剛引發混亂的火柱威力，施術者絕對是名魔法師！

試問尊貴的魔法師怎麼可能會淪落在街頭賣藝？

再聯想到剛剛的意外，以及沈夜的失蹤……難道是有人故意引發這場騷動，好趁亂擄走沈夜嗎!?

「那名肇事的賣藝者呢？找到人了嗎？」柯特鐵青著臉上前詢問一名衛兵，得到否定答案後，青年更加覺得這場騷動早有預謀。要是那名魔法師真的是魔力出了問題才導致這場意外，那麼他本人應該也受了傷才對，不可能逃得這麼快。

沈夜真的出事了！

柯特也顧不得安撫憂心忡忡的喬恩，只向懷中孩子交代了聲：「事情大條了，我們到皇宮求助！」

Chapter 3 被綁架了

此時讓柯特與喬恩擔憂不已的沈夜，正迷迷糊糊地清醒過來。

沈夜醒過來後只覺得腦袋一團混亂，還弄不清楚發生了什麼事；想要坐起身，可是身體卻痠軟無力，尤其頭部更像被鐵鎚敲打般，一下一下地抽痛著。

除了之前因火災而穿越到這個世界，在那之後沈夜還不曾如此狼狽又無助。雖然現在腦袋的痛楚比不上被月美人的毛刺刺中時的劇痛，可是那時他清楚自己的處境，知道只要忍一忍，很快就會獲得同伴的幫忙。但現在，除了劇痛以外，還有對現下狀況完全無知的茫然無助。

沈夜因痛楚而呻吟了聲，並立刻感到有東西摀住了自己嘴巴。從嘴巴傳來的觸感很特別，冰涼而略帶粗糙。沈夜張開因痛楚而下意識緊閉的雙目，頓時又是一陣暈眩。過了好一會兒，當暈眩感過去後，他才看清楚摀住自己嘴巴的，正是小葵的葉子。

此時小葵已離開沈夜的頭髮，體型也變大了些。一株向日葵煞有介事地摀住自己嘴巴的畫面實在有點滑稽，可是現在他卻笑不出來。少年努力回想失去意識前的狀況，那時他被人潮沖散，隨即嗅到一陣香甜氣味，接著便眼前一黑、不醒人事。

腦袋的暈眩與疼痛開始減弱後，沈夜感覺到身下的顛簸，抬頭打量起四周環境。此刻他身處一間狹小車廂裡，環境昏暗，四周堆放著一些蔬果，空氣中瀰漫一股不好聞的氣味。車廂窗戶全被關上，可是縫隙中仍透露出些微光亮，顯然天尚未黑，但無法藉此推算自己昏倒至今有多久了。

沈夜發現自己手腳被繩索束縛著，粗糙的繩索把他的皮膚磨得破皮，手臂上還有一些燒傷，應該是被火柱燙到的。因爲剛醒過來時腦袋太痛，再加上暈眩感，才讓他忽略了身上的傷勢。

見車廂裡只有他與小葵，沈夜吁了口氣，心想還好喬恩他們沒有被抓，這樣他被擄走的消息應該很快就會傳回皇城了吧？

沈夜想到廣場上的騷動可能是綁匪故意製造出來、爲了找機會綁架他離開的假象，頓時覺得心裡十分沉重。當時他親眼看到有人摔倒後，還被後面的人踐踏……只希望沒有人因他而死去……

沈夜嘆了口氣，想破了頭也想不出到底是誰這麼勞師動眾地擄走他。

隨即沈夜發現小葵的葉子有部分出現損傷，並且感到嘴巴有一股青草味，便小聲詢問：「小葵，是你弄醒我的？還把葉汁給我喝？你的汁液可以解毒？」

小葵伸出沒有受傷的枝葉，輕輕撫了撫沈夜臉頰。因爲契約的關係，沈夜清楚感受到靈草傳來的關懷與鼓勵。

沈夜還想說些什麼，卻感到馬車停了下來，於是連忙閉上雙眼裝睡。一旁的小葵也縮小身形，再次藏身在沈夜髮間。

很快地，他聽到車廂外斷斷續續傳來對話聲。

「……順利……抓來……嗎？」

「放心……還未發現……盡快……」

隨即車廂門被打開，對話聲變得清晰起來：「他什麼時候會醒？」

「起碼晚上才會醒來，你下的藥有些重，只希望別把人弄成白痴才好，不然我們可就白忙一場了。」

「放心吧！我知道這個人對殿下大有用處，已好好控制了藥量。雖然會讓他醒過來以後受些罪，但不會有什麼後遺症。」

「把人看好，我們必須趁未被發現、鎖口封鎖前離開。在此之前可別生出什麼枝節才好。」

「放心，我已經仔細確認過，他只是個沒有魔力和鬥氣的普通人，即使眞的醒來也不用擔心……」

隨著交談的兩人離開，對話聲逐漸變得模糊，之後沈夜感覺到馬車再度行駛上路。這兩名綁匪進來只是爲了確認沈夜的狀況，逗留時間不長，因此沈夜聽到的內容不多。然而他們誤以爲少年仍在昏睡，因此說話時沒有防著他，倒是讓沈夜知道了不少有用訊息。

根據那兩人的對話，他們之所以抓自己，是因爲自己對某位殿下有用處。想到這裡，沈夜一直繃緊的心情略微放鬆，至少知道自己是有用處的，那麼在到達目的地前，綁匪暫時應該不會傷害自己才對。

另外，沈夜猜測用來迷昏他的藥應該對小葵也有效果，不然事發時小葵就在他的髮間，不可能任由那些人擄走他。不過小葵大概對那些藥多少有些抵抗力，雖然也被迷昏，但很快就醒過來，還用汁液弄醒他。

同時，那些人也提到他們還未出鎭，間接證明了沈夜先前的猜測——自己昏迷的時間並不久。想到這裡沈夜不禁著急起來，要是出了鎮口，只怕會更難逃脫吧？

而更讓沈夜在意的，便是對方言談間提及的「殿下」。難道幕後的人，是某個國家的皇族嗎？

雖然沈夜滿腦子疑問，可是現在也顧不得到底是誰要抓他了，快點脫離目前的處境才是首要之務。

「小葵，你能解開綁著我的繩子嗎？」沈夜扭動了下雙手，發現繩子綁得相當緊，一用力便是椎心之痛，只好向小葵求助。

小葵跳往地板，將體型變大一些後，伸出右邊的枝葉。沈夜目瞪口呆地看著小葵的心形葉子漸漸變形，隨即竟成了一把銳利的小剪刀！

雖然沈夜看過這株靈草偽裝成紫藍花朵的模樣，但畢竟那也是植物，又怎比得上現在變成小剪刀這般驚人呢？

小葵的戰鬥力其實並不高，然而它各種特殊的小能力卻很實用。少年覺得小葵就像一座埋藏山脈中的金礦，雖然外表看起來不顯眼，可是愈是挖掘便愈有驚喜。

別看小葵手上的剪刀是由葉子變成，變成小剪刀後，無論銳利度或者硬度都與

一般剪刀無異，輕易便替沈夜剪斷了繩子。

沈夜揉了揉發疼的手碗，雖然掙脫束縛，可是他並不知道該如何逃離車廂。由馬車行進的聲音來推斷，它的速度並不慢，何況還有兩人在外看守，而其中一名應該就是用火焰在廣場造成騷動的火系魔法師。

幸好對方只有兩人，而且出於對迷藥的自信，並沒有留人守在車廂內，不然少年眞是無計可施了。

他也發現手上的空間戒指已被綁匪沒收，戒指裡還存放著一枚通訊用晶石，可惜現在用不上了。

沈夜想了想，決定還在馬車出鎮時逃跑，畢竟通關時馬車總要停下來，到時再趁機逃跑就行了。

然而等待的時間特別漫長，不知過了多久，馬車開始放緩速度，沈夜意識到應該是接近鎮口了。

他偷偷打開一點窗戶，看著逐漸放緩速度的馬車，猶豫著是否應該抓緊時間跳車，但過了一會兒，還是放棄了這個念頭。或許是中了迷藥的關係，沈夜覺得無論是判斷力，還是身體的行動能力都變得略微遲鈍。在這種狀況下跳車，實在與找死無異。

然而，計畫總趕不上變化，沈夜很快便深深後悔著，爲什麼自己不趁馬車降低速度時立即逃走了。

沈夜沒想到兩名綁匪會如此謹慎，即使誤以爲他正昏睡著，卻仍在接近鎮口時分出一人檢查沈夜的狀況。而事實證明，綁匪的謹慎是對的，當其中一名綁匪進入車廂時，立即與早已掙脫的沈夜大眼瞪小眼……

綁匪立即反應過來，他甚至連腰間的武器都沒拔出，就伸出蒲扇般的大掌勒住沈夜脖子。雖然對方並沒有打算取他性命，卻是警告意味十足。沈夜毫不懷疑要是自己大聲呼救，對方才不管他是不是那位「殿下」要的人，立即便會一手勒死他！

感受到男人的殺氣，原本在沈夜頭上蓄勢待發的小葵頓時不敢行動，小心翼翼地隱藏著身影，就怕被男人發現而害了沈夜。

沈夜高舉雙手，表示自己不會掙扎，即使如此，男人卻沒有絲毫鬆手的打算。少年知道現在要逃已不可能，只得暫時偃旗息鼓，等待下次逃走的機會。

因爲放下逃跑的念頭，沈夜靜下心來仔細打量眼前這個掌握著自己生命的人。這名男子非常強壯，年紀看起來大約四十多歲，下巴有一道小小的刀疤。沈夜猜測此人應該是名戰士，而且身手絕對不差。畢竟當時男人與他的距離明明比小葵遠，出手卻仍比待在他髮間的小葵還快。

那位「殿下」雖然只派了兩人過來，可是抓他這個沒有自保能力的賢者顯然已很足夠，有時人多反而礙事。

男人默不作聲地任由沈夜打量，沈夜不禁想起以前曾看過的電影情節，綁匪要是不在意讓肉票看到他們的容貌，大多是早已有撕票的打算。現在這男人任由他打量……即使不會殺掉他，也是有著終其一生不讓他返回艾爾頓帝國的意圖吧？

馬車安然出了鎮後，男人依然沒有放開沈夜，直到馬車駛入人跡罕至的森林，才鬆開勒住少年脖子的手。同時馬車也停了下來，駕車的人在外頭詢問：「雷班，你還好嗎？」

原本綁匪們只是出於謹慎，讓其中一人進車廂看看沈夜的狀況，想不到進去後就沒了消息，駕車的綁匪自然知道出了狀況，只是當時快要抵達鎮口，爲免引起衛兵注意只得按捺著，直至離開城鎮一段距離後，才停下馬車確認狀況。

駕車的綁匪非常謹慎，他先待雷班應了一聲，確定車廂裡沒有問題後才踏入車廂內。

沈夜看到另一名綁匪的模樣時，露出了驚訝的表情，並懷疑自己的猜測是否有誤，剛剛廣場的騷動其實與這次綁架無關。

因爲進入車廂的綁匪，並不是那名用火的賣藝者。沈夜仍記得那名賣藝者穿著一件灰撲撲的大衣，鬈曲而凌亂的長髮與鬍子遮住了容貌，背部有點駝，感覺是個邋遢且年紀很大的人。

但現在進入車廂的，是一名中年男子，身穿魔法袍，有著一頭俐落短髮，臉上也沒有鬍子，可以清楚看到他的容貌。此人長相雖無法與阿爾文他們相比，卻也稱得上英俊，與那名駝背的賣藝者完全是不同人。

不過沈夜很快便意識到，如果綁匪想要利用騷動來綁架他，那名賣藝者的容貌恐怕是故意喬裝過的。

沈夜看到魔法師袍，便想起身爲魔法師的賽婭，從而想到路卡與阿爾文。

他們知道我被人綁架了沒？有沒有很著急？

也不知道喬恩他們現在怎樣了……

魔法師看著眼前不僅逃脫失敗、竟還在他們這些綁匪面前走神的沈夜，忍不住疑惑，這名怎麼看都沒有威脅性的少年，眞的値得他們冒這麼大的險把人抓走嗎？

終於，沈夜走神完畢，像個正常的肉票般質問道：「你們是什麼人？爲什麼要抓我!?」

魔法師微笑地向沈夜行了一禮，然而這男人長著一副陰柔相，即使笑著也不會讓人感到親切，反而有種不知在計畫什麼毒計的感覺：「賢者大人，您言重了。我們不是壞人，我的名字是漢弗萊，這位是我的同伴雷班，我們皆效忠於肯尼思殿下。此次前來，是因爲殿下仰慕賢者大人的才學，派我們來請您前往埃爾羅伊帝國作客。」

想不到這兩名綁匪竟是賈瑞德兄長派來的，沈夜回想起在古遺跡遇上刺客偷襲、九死一生的情況，臉上不顯情緒，心裡卻記上了一筆，心想那個叫肯尼思的皇子眞是神煩，上次還可以說是被賈瑞德牽連，可是這次卻明確地把目標鎖定在他身上！

明明與那位肯尼思殿下互不認識，對方卻總是讓他不痛快，一次又一次地找他麻煩。既然這樣，沈夜也不是任人揉捏的軟柿子，總要找個機會解決掉這傢伙，省得自己不斷讓其他人操心。

沈夜終究是一國賢者，肯尼思竟狗急跳牆地把人抓回去，只怕他在埃爾羅伊帝國的處境眞的不太好。上次派了刺客刺殺賈瑞德，青年回國後一定不會輕易放過。

不過，這也讓沈夜更加瞧不起這個人。雖然早已聽說賈瑞德的兩名兄長都是昏庸的草包，可是想不到竟是如此的二百五。就因爲賈瑞德能幹，所以便打算抓一些賢能之士來爲己所用？這是什麼狗屁道理⁉

那個總是哭哭、看起來廢柴得不得了的劉備也懂得三顧茅廬啊！這個肯尼思倒好，直接用綁的。難道他就不怕沈夜表面上服從，暗地裡動手腳陷害嗎？

而且沈夜好歹也是艾爾頓帝國的賢者，對方就那麼有信心困住他一輩子？綁架一事要是被公開，只怕埃爾羅伊帝國也保不了肯尼思啊！

如果肯尼思再次找機會向賈瑞德下殺手，沈夜還會讚他一聲有骨氣。偏偏這人

不知是否被賈瑞德報復得怕了，淨想出這種旁門左道，也難怪賈瑞德比他年輕那麼多，卻能把人壓得死死的。

雖然心裡看不起肯尼思，可是沈夜也清楚自己現在還在人家手下的掌控中，對方殺他不比殺一隻雞困難多少，因此少年沒有表現出他的想法，自找麻煩。

不過太輕易應允也不妥，於是沈夜表現出該有的憤怒，並故意讓人覺得他內心軟弱，有勸服的可能：「我、我才不想見你們那位肯尼思殿下。我可是艾爾頓帝國的賢者，你們現在放了我，我還可以當作什麼事都沒發生！」

漢弗萊嘆息了聲：「肯尼思殿下是真心想要招攬您，請賢者大人不要太快拒絕，先到我國作客，深入了解後，也許您很快便會捨不得離開呢。」

沈夜也知道對方不會因自己的三言兩語便放他走，於是表達完立場後就打算不再理會男人，然而卻在注意到雷班的動作後僵住了。

當漢弗萊進入車廂後，雷班便在另外兩人對話時，彎腰撿起原本綁住沈夜的繩索。只是剛剛沈夜的注意力都放在漢弗萊身上，沒注意到雷班的動作。

繩索是被小葵剪斷的，有著明顯斷口，一看就知道是利器造成。

「我們搜過你的身，確定你身上沒有藏著利器。你是怎麼弄斷繩索的？說！」

相較於漢弗萊虛僞的恭敬，雷班對沈夜顯得相當不客氣。

「哎呀，雷班，你怎能這樣跟賢者大人說話呢？我相信賢者大人應該很明白現在的處境，會願意乖乖合作的。您說對嗎？沈夜大人。」漢弗萊笑咪咪地說道。

雷班冷哼了聲：「二殿下欣賞這個人、想要討好他什麼的我不在乎。我只知道我的任務是要把人帶回去，可不希望出什麼差錯。小子，識相的話便乖乖從實招來，不然我可不排除讓你吃些苦頭。」

沈夜一向很識相，情勢比人差時並不介意先示弱。可是此事涉及小葵，而且也不確定那些人知道小葵後會如何對付它，於是只得沉默不作聲。

見沈夜默不說話，漢弗萊挑了挑眉，隨即微笑道：「聽說賢者大人與一隻獅鷲簽訂了契約，知道爲什麼您自從被我們帶走後，就一直聯繫不上您的契約魔獸嗎？」

沈夜睜大雙目。的確，從他發現自己被綁架後，便一直努力嘗試聯絡外界。只是他的空間戒指被拿走，透過契約卻只能聯繫到小葵，完全感覺不到毛球的存在！

漢弗萊笑著解釋：「既然決定把賢者大人請去埃爾羅伊帝國，我們又怎會毫無準備呢？」

漢弗萊指了指車廂頂部，沈夜這才發現上面鑲嵌著一顆刻著魔紋的金屬小圓球：「這是我新研發的鍊金術製品，可以屏蔽契約聯繫。只要契約者身邊有這顆小圓球，又與契約獸相隔一定距離，雙方便無法經由契約來感覺到彼此的狀況。」

說罷，漢弗萊嘆了口氣：「既然賢者大人身上沒有武器，也就是說，是身邊有人幫忙又或者您有其他契約生物？我們是眞心想要邀請您來作客，但既然賢者大人您不合作……當然，殿下非常敬仰大人您，您的安全是絕對得到保障的，只是其他的我可就不敢保證。」

沈夜聽完漢弗萊的話，才驚覺原來對方並非自己以爲的魔法師，而是一名鍊金術師！

隨即沈夜才想起，魔法與鬥氣在埃爾羅伊帝國並不流行。在那裡，鍊金術才是主流。

鍊金術師與魔法師一樣身具魔力，只是兩者發展的方向大大不同。

魔法師著重與魔法元素溝通，藉此使用出強大的魔法；而鍊金術師，則藉由在器具上刻劃魔紋，從而鍊製出各種鍊金術製品。

兩者也有各自的利與弊。魔法師十分著重天賦，如果天生吸納魔法元素的能力太差，即使有著再好的悟性也難以發揮。

而鍊金術師，著重的卻是悟性與創作力。雖然他們魔力不高，卻能研發出強大的鍊金製品。這些鍊金術製品往往只須輸入少量魔力或鬥氣，便能激發出強大的力量。然而要是身邊沒有鍊金術製品，光以自身魔力而論，鍊金術師的魔法水準卻很一般。

對沈夜來說，鍊金術師就像融合魔力來進行實驗的科學家。他一直對這項職業非常感興趣，偏偏在翠羽森林遇上的刺殺，以及這次的綁架事件，都有鍊金術師的影子。

這讓沈夜忍不住懷疑，他與鍊金術師這職業是不是八字不合呢？怎麼每遇上他們，自己就會倒楣!?

Chapter 4
計畫營救

漢弗萊剛剛一番話，其中包含的威脅之意十分明顯。沈夜知道對方已經起疑，而他對鍊金術不熟悉，難保他們有什麼能逼迫小葵出來的手段。

如果不主動交代，當他們發現小葵時，會不會因爲自己的隱瞞而遷怒小葵，甚至還利用靈草來殺雞儆猴？

沈夜靜默良久，問道：「你能保證我坦白後，你不會因此傷害任何人？」

漢弗萊聽出沈夜話裡的鬆動，連忙拍胸口保證，雷班也應允下來。

少年咬了咬牙，不得已地坦白：「除了獅鷲，我還與一株靈草訂立契約。它現在就在我身邊。」

漢弗萊訝異低呼：「你不是弗羅倫斯帝國的人吧？竟然能與靈草訂立契約!?」驚訝之下男子也不再維持禮貌了，對沈夜的稱呼從「您」瞬間變成「你」，洩露出他對少年這個階下囚其實根本沒多尊敬。

沈夜點點頭並在心裡感慨，賈瑞德雖然脾氣壞、性格臭，卻是一個值得結交的人。他答應爲沈夜保密靈草的事情，果然回到埃爾羅伊帝國後並沒有透露出去。

雖然賈瑞德貪戀權勢，可是他心中自有一把衡量的尺，並不像他的兄長爲了權力可以毫無底線。光是這點，賈瑞德已比他們強太多！

見沈夜並沒有否認，顯然是眞的收服了靈草，雷班皺了皺眉：「是懂得隱身的靈草？」

沈夜下意識便想否認，然而隨即想到自己幹嘛要這麼老實呢？

既然他們這樣認爲，就說小葵是懂得隱身的靈草好了。小葵能自由變換大小、改變外形僞裝的能力，將來說不定有所用處。

車廂內光線昏暗，小葵把體形縮至肉眼察覺不到的大小後再瞬間變大，看起來不就像平空現身一樣嗎？於是沈夜藉著契約與小葵溝通過後，便頷首道：「是的。」

漢弗萊伸出右手，輕聲唸著艱澀的咒文，隨即鑲嵌在車廂頂部的小圓球上，魔紋隨著咒文改變了形狀、飛向男子掌心。雖然沈夜對魔紋沒有絲毫研究，但心裡卻竄起一股不安。

突然，沈夜腦中生起一陣激烈的情緒。藉由契約傳來的情緒波動來得快、也去得快，但足以讓他感受到小葵的痛苦！

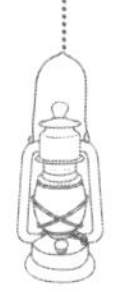

少年身旁瞬間出現一朵在地面痛苦顫抖的向日葵，正是他的靈草小葵！

「小葵！你怎麼了？漢弗萊，你對它做了什麼？你不是說不會為難嗎!?」沈夜看著小葵，頓時手足無措，不知該怎麼減輕靈草的痛苦，情急之下也顧不得現在自己「人為刀俎，我為魚肉」的處境，怒氣沖沖地向漢弗萊怒吼。

漢弗萊輕按圓球上其中一道魔紋，圓球瞬間變成一只鋼黑色手鐲。男子把手鐲遞給沈夜，道：「請放心。它之所以表現得如此痛苦，是因為我更改了魔紋的排列，針對這株靈草進行了排斥。只要它遠離賢者大人你，就不會如此痛苦了。」

其實靈草也應該本能地知道只要遠離少年，這種痛苦便會停止。然而小葵的忠心程度出乎漢弗萊意料，竟強忍著痛苦也要留在主人身邊。

然而小葵這種忠誠卻沒有獲得漢弗萊欣賞，反而更加深男子忌憚，決心一定要讓它遠離沈夜。

沈夜自知現在無法反抗對方，只得咬了咬牙，向拚命硬撐的小葵勸道：「小葵，你離開吧！不要待在這裡了。」

靈草伸出枝葉，因壓抑痛苦而顫抖的枝葉眷戀地纏上沈夜指頭，卻沒有依言離開。沈夜看到小葵的模樣，心疼得要死了，他現在眞的很後悔自己與小葵訂立的是平等契約，以致無法強硬要求它離開。

沈夜深怕漢弗萊他們一個不耐煩，直接出手滅了小葵，只得換一個說法說服靈草：「小葵，你留在這裡也幫不上我什麼，不如替我到皇城求救，帶人來這裡救我好嗎？我現在就只能指望你了。」

沈夜邊勸說，邊心虛地觀察漢弗萊二人的反應。幸好兩名綁匪對沈夜的話不以爲意，畢竟靈草不會說話，根本無法洩露他們的身分。何況根據路程，當小葵帶人過來時，他們早已離開艾爾頓帝國的國土，將人交接出去了。

沈夜終於好說歹說勸服了小葵離開。下了馬車的小葵孤伶伶地留在原地目送馬車離開，而沈夜看著小葵身影隨著馬車遠去變得愈來愈小，他突然有種遺棄小動物的錯覺。

將小葵趕走後，漢弗萊兩人並沒有再多限制沈夜，反正憑少年的力量，根本逃不出他們的掌心，倒不如表現得大度一點。他們可沒有忘記肯尼思想要招攬沈夜的打算，因此不想太得罪這名少年。

可惜他們的如意算盤註定打不響，先不說沈夜是爲了路卡和阿爾文才留在這個世界，豈會捨棄他們轉投肯尼思麾下？何況，光是漢弗萊他們剛剛讓小葵受苦一事，便足以讓沈夜把他們列入黑名單。少年還暗下決心，只要有機會，一定要幫小葵報一箭之仇！

「賢者大人，雖然看在你的面子上，我們沒有爲難那株契約靈草。可是保險起見，希望你能夠戴上這只手鐲，以確保你不會再與它有所接觸。」

這樣還叫「沒有爲難」？沈夜心裡不滿，並沒有立即接過男子手上的手鐲，而是謹慎詢問：「這手鐲有什麼功用？」

漢弗萊解釋：「請放心，這手鐲對人體完全無害，只是會完全隔絕開你與契約生物的聯繫。」

沈夜挑了挑眉：「如果我身上仍藏有其他契約生物，戴上這手鐲後，它就會像剛剛小葵那樣痛苦對吧？你不相信我只有獅鷲與靈草兩個契約生物？」

漢弗萊笑道：「怎麼會呢？你多想了。」然而他卻沒有收回遞出手鐲的手。

沈夜知道不戴是不行了，雖然不願意，仍還是戴上手鐲。戴上後，立即變成少年難以脫下的大小。

沈夜看著手上的手鐲，覺得這就像孫悟空頭上的金剛箍，又像寵物狗脖子上的頸圈。出生至今，他還從未感受過這種屈辱。

然而小命還捏在對方手上，沈夜只得忍氣吞聲地依照男人的要求行事。

□

在沈夜與小葵受到欺侮時，路卡他們也收到了賢者大人被劫走的消息。

路卡對此事非常重視，阿爾文甚至親自領兵追擊。可惜敵人十分狡猾，善後動作做得很好，一點線索都沒留下，他們根本無法從現場獲得多少有用訊息。

起先，眾人還猜測是有人膽大包天，試圖綁架賢者大人來換取利益。沈夜在艾爾頓帝國根基尚淺，無論匪徒要索取什麼，最終聯絡的地方也只能是城堡和賢者府兩處。因此眾人找不到線索後，只得等待綁匪主動聯繫。

可是等啊等，還是不見對方聯絡。那麼唯一的可能，就是對方並不是想要挾持

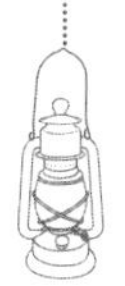

少年以達到某種目的，而是根本衝著沈夜這個人而來！

沈夜來到艾爾頓帝國的日子不算長，雖然少年推出的新發明免不了損害某些人的利益，但他行事一向很有分寸，何況這也不是什麼生死大仇。那些人雖忌憚沈夜的地位，也應該不至於為了蠅頭小利而犯險。

何況對方選擇把人劫走而非刺殺，也就是說，綁匪很可能要的是活口。沈夜最讓人覬覦的，正是他的智慧和創意。

如果這猜測沒錯，綁匪很可能是任何一個國家派來的，因此沈夜正前往他國途中的機率非常大。如果綁匪成功把少年擄去他們的國家，那麼把人救回的可能性更是微乎其微了。

必須盡快把人尋回！

此時阿爾文等人還在那座城鎮進行搜查，路卡雖然同樣焦慮，恨不得立即前往現場，但他明白依目前狀況，自己即使過去也幫不上什麼忙，因此只得耐著性子留在城堡裡掌控大局。

除了沈夜，失蹤的人還有伊凡，因此路卡派人把事情告知給正在法師塔修行的賽婭。女孩一得知沈夜與伊凡失蹤，二話不說便藉由傳送陣趕至現場。當被柯特看顧著的喬恩看到賽婭時，終於忍不住哭著撲往她懷裡。

「嗚……嗚……沈夜哥哥不見了……」喬恩哭得既委屈又傷心，還帶著深深的惶恐。

賽婭彷彿看到當年沈夜失蹤後，那個不停哭泣的自己。現在想來，她和喬恩有很多相似的地方：都曾活得如此卑微，然後被沈夜所救，獲得了截然不同的新生。

當年她也像現在喬恩這般無助，只是……

賽婭摸了摸身上的魔法袍，表情變得堅定起來。

……只是現在，她已經不是那個只能哭泣的孩子了。

「喬恩，別難過，我們會把少爺帶回大家的身邊。」賽婭溫柔地為喬恩抹拭掉眼淚，輕聲安慰。

「可是、可是……沈夜哥哥什麼時候才能回來？」

賽婭抱起喬恩，話裡的堅定既像安撫喬恩，也像在說服自己：「他很快就會回來的。很多人都為了讓少爺回來而努力著，路卡陛下、阿爾文殿下……還有我的兄

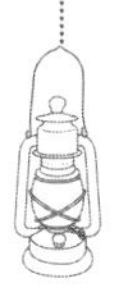

長也是，少爺一定會安然歸來的。」

一旁的柯特見賽婭柔聲哄著喬恩，總算鬆了口氣。老實說，他實在很怕小孩子哭鬧，打不得罵不得更不知該怎麼哄。剛剛他可是好話說盡，喬恩大小姐仍是不願意對他露出一個笑臉吶！

既然喬恩有賽婭照顧，柯特放心之餘，便把哄孩子的偉大職責交給賽婭，轉而和阿爾文他們一起繼續搜查，沒想到竟讓他遇上一個意想不到的人！

□

身處皇城的路卡正在檢視地圖思考著，如果綁匪要帶沈夜離開艾爾頓帝國，可能會選擇哪條路線。

一一比對前往附近國家的交通資料後，路卡選出幾條可能性較高的路線。此時，正在現場搜查的柯特傳來通訊請求。

「瑪雅？」路卡疑惑地看著站在柯特身旁的少女。瑪雅穿著一件淡藍色連身長裙，襯得她清雅動人。然而少女臉上滿布愁容，讓人直想雙手奉上她喜歡的東西，只爲能看到她美麗的笑顏。

無法否認，以容貌、背景與才情來看，瑪雅是路卡見過的貴族小姐中，最爲出色的一個。雖然路卡並未對瑪雅懷有愛情，但他很是欣賞這位總是一臉純潔可欺、把身邊人耍得團團轉的女生。

然而先前沈夜的一番話，路卡雖不至於厭惡瑪雅，但與少女相處時卻表現得遠比以前疏離了。相較於沈夜在路卡心裡的地位，瑪雅頓時變得什麼都不是。對於沈夜不喜歡的人，路卡自然不會把她留在身邊使少年心煩。

因此，路卡一律無視瑪雅各種有意無意的示好，而她也沒有死纏爛打的意思。少女識相的舉動，使路卡不禁對她另眼相看。要是瑪雅不識相，之前的好感也會被消磨掉吧？

在水晶投射的影像中，瑪雅一臉擔憂與焦慮，但仍沒有忘記刻在骨子裡的禮儀，優雅地對路卡行了一禮後，便道出來意：「陛下，我聽說賢者大人的事了，現在情況還好嗎？」

見路卡露出有些意外的神情，瑪雅接著解釋一番。

原來錫德里克家族在沈夜出事的小鎮有一棟別墅，瑪雅與艾尼賽斯伯爵正在那裡度假。事發當時，瑪雅正好在廣場附近，同時更目擊綁匪擄走少年的整個過程！

瑪雅憂心忡忡說道：「我已向阿爾文殿下說明了當時狀況，後來得知營救賢者大人一事是由陛下您親自主持，便拜託柯特幫忙聯絡您，想看看有沒有什麼能幫得上忙的事。雖然我與賢者大人交往不深，可是我一直很佩服他。而且……」

說到這裡，瑪雅羞澀地垂下眼簾，長長的眼睫在白皙面容上投下一道陰影：

「我、我也很擔心陛下您。」

少女最後的話語加上仰慕的眼神，所表達的意思已經很明顯了。路卡倒是沒有表現出太大的情緒波動，反倒一旁的柯特雖然臉上不顯，可是緊握成拳的雙手卻顯示出他內心的不平靜。

瑪雅擔憂的神情不似作假，路卡見狀，態度不禁緩和下來，溫言相勸：「妳能把犯人的容貌和整個犯案過程告訴我們，已經幫上大忙了。我相信小夜一定不會有事的。」

瑪雅點了點頭，隨即便將剛才對阿爾文他們敘述的內容，原原本本地對路卡再報告了一次。

結束後，瑪雅並沒有賴著不走，而是體貼地主動要求結束通話：「我知道現在陛下一定很忙，就不佔著陛下的時間了。只是我也很擔心賢者大人，如果陛下有任何消息，可以告訴我一聲嗎？讓我也能夠安心許多。」

對於這小小的要求，路卡自然不會拒絕，應允下來後便結束了通話。

瑪雅與路卡通訊完畢後正要返回別墅，柯特向指揮行動的阿爾文表示自己與瑪雅是舊識，阿爾文便讓柯特送少女回去。

柯特一路上心裡掙扎，最後終於忍不住詢問：「瑪雅，原來妳是艾尼賽斯伯爵的女兒嗎？」

瑪雅聽到柯特的詢問，一臉訝異地反問道：「對啊！你不知道嗎？」

青年看到瑪雅的反應，原本以爲少女先前對自己謊報身分，這才想起對方還眞沒說謊。第一次相遇時少女已很明確地自報姓名，是他沒有將對方與錫德里克家族

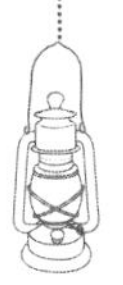

大小姐這個身分聯想在一起。

「可是每次見面的時候，妳的衣著……」從初次相遇起，每次與瑪雅約會，對方都穿著一身樸素的布衣，實在不怪柯特誤會她是個平民。

「啊！你是說那些平民的衣服？是我拜託下人縫製的。畢竟出門去玩，要是還穿著貴族服飾那多掃興。賢者大人不也都穿得很樸素嗎？」

柯特聞言都快淚流滿面了，心想這能夠相比嗎？沈夜的衣服雖然低調，可是仔細觀察仍能看出用料和縫製的手藝都相當不凡。然而先前幾次與瑪雅見面時，對方的衣服確確實實是平民的布衣啊！

大小姐妳裝平民也裝得太認真了吧!?

瑪雅看到柯特無奈的表情，恍然大悟說道：「原來你以爲我一直都在騙你，所以生氣了對吧？難怪剛剛一路上都不和我說話。」

聽到瑪雅的話，柯特想起先前的態度，忍不住臉紅起來，然而想到剛剛少女對路卡的態度，便立即顧不得羞愧，試探地詢問：「瑪雅小姐，妳對陛下他……」

「柯特，你還是像以前那樣喚我『瑪雅』就好。」瑪雅臉上一紅，但仍是大方承認自己對路卡的感情：「你看出來了嗎？是的，我很仰慕陛下。不過陛下那麼出色，大概不會喜歡我吧。」

聽到瑪雅的回覆後，一直默默喜歡著少女的柯特只覺心在滴血，只是見不得瑪雅失落的模樣，仍安慰道：「怎麼會呢？妳是一個很好的女孩，我相信陛下一定會察覺到妳的優點。」

瑪雅歡喜得雙眼都亮了起來：「眞的嗎？」

柯特頷首。他很想告訴少女，自己說的全都是眞心話，因爲他打從心底喜歡著她。

在柯特心中，瑪雅自然是千好萬好，可是他也看得出來，路卡對瑪雅根本沒有絲毫情意。

她爲什麼偏偏就愛上了陛下呢？

也許……我也不是完全沒有機會？

柯特這麼想著，於是鼓起勇氣，拉出被衣服遮蓋住的項鍊：「瑪雅，妳送給我的這個……」

瑪雅看到柯特戴著自己送的護身符，顯然很高興：「原來你一直有戴著嗎？那就好，因爲這是有著祭司祝福的護身符。柯特的工作總是很容易遇上危險，戴著這個我就放心了。」

少女由衷高興的表情似乎鼓勵到柯特，只見青年鼓起勇氣詢問：「瑪雅，妳送這個給我，只是爲了答謝我救了被流氓糾纏的妳嗎？」

瑪雅不明所以地眨了眨眼：「當然不是！雖然送這個主要是謝謝你上次幫了我，但主要還是因爲我們是好朋友，不然我才不會不辭勞苦地爲你求來這護身符呢！而且這可不只是普通的謝禮，還是我們友誼的證明呢！怎樣，感動嗎？你可要隨身戴著喔！」

柯特聽到瑪雅安慰的話，卻只覺得欲哭無淚，傷透的心一點都沒因少女看重自己而復元。

暗戀的女生都明白表示送給他的禮物只是友誼的證明，他還能說什麼呢？

虧他先前還自戀地誤以爲這是定情信物……

人家喜歡的可是陛下啊！自己能與陛下比嗎？

柯特愈想，便愈覺得自己的暗戀無望了。只是他不想讓瑪雅露出失落的表情，因此還是按捺著心中的淒苦，強顏歡笑說道：「嗯！謝謝妳的禮物，既然這是我們友誼的證明，我當然會隨身戴著！」

Chapter 5 任性的皇帝陛下

此時被綁匪押送著趕路的沈夜，並不知道自家護衛隊隊長因自己被綁架一事，就此粉碎了他青澀的暗戀。

不過，即使沈夜知道，大概也不會有任何內疚，甚至還會拍手稱好。畢竟瑪雅是誰？她可不是白蓮花，而是朵吃人不吐骨的食人花啊！像柯特這種空有武力值卻容易心軟的純情青年，在瑪雅面前可走不了多少回合！

經過數天的趕路，沈夜與綁匪二人已進入了位處埃爾羅伊帝國旁邊、名叫安摩斯的小國。此刻三人在安摩斯邊境的小城停了下來，並沒有直接進入埃爾羅伊帝國的領土。

原本根據漢弗萊兩人的計畫，他們進入安摩斯國補給完一些物資後，便要繼續馬不停蹄地趕路，並不會在這座小國停留太久。偏偏愈是往北方走天氣愈冷，雖然漢弗萊兩人早已準備了禦寒衣物，可是沈夜仍然患上重感冒，而且病情一直不見好轉。不得已之下，兩人只得停下來讓少年好好休息。

這段時間不斷趕路，再加上病痛折磨，沈夜萎靡不振地躺在旅館的床上，完全不想動彈。患上重感冒的他雖然勉強止住了鼻水，只是紅紅的鼻子依舊還是塞著。

少年只覺得渾身痠軟發熱，動作大一點還會感到陣陣暈眩，非常不舒服。

漢弗萊他們見沈夜病得要死不活、一碰到床倒頭便睡的模樣，也不喚他一起走，而是將少年反鎖房內後，逕自到樓下餐廳吃晚飯。

沈夜確定兩人走遠後，倏地張開雙目，撐著病弱的身體站了起來。發軟的雙腿一陣踉蹌，少年忍不住慨嘆這次眞的有點玩過頭了。

其實這次沈夜會患上重感冒，是他自找的。沈夜爲了拖延他們的行程，以獲得晚上在旅館落腳的機會，在進入安摩斯國後，找機會故意讓自己著涼，最後如願以償地在小鎮上待一晚。

如果不是實在沒辦法，沈夜也不想用這種方法來折騰自己。可惜除了這個辦法，他已想不到其他方法來阻止漢弗萊他們前進了。

雖然以現在沈夜的身體狀況，即使在床上一動也不動地躺著，就已覺得十分不好受，可是他知道自己不得不動。要是不趁漢弗萊兩人不在時想辦法逃走，那這次所受的苦不就白折騰了!?

沈夜拉了拉被綁架後、爲了隱藏他這肉票而被漢弗萊染成栗色的頭髮，有種折騰來折騰去都是在折騰自己的悲淒感。

沈夜舉起右手，手碗上的手鐲泛著金屬冷光。少年並不相信這手鐲只有抗斥契約生物的功用，他猜測手鐲至少還有追蹤的功能，能把佩戴者的所在位置傳遞給漢弗萊知曉。

因爲鍊金手鐲的束縛，沈夜並不期待自己今晚能逃離兩人的掌控，只希望藉著這次因病停留，能找到機會留下一些蛛絲馬跡給搜救自己的人，以及拖延進入埃爾羅伊帝國的時間。

少年打算先觀察一下旅館四周環境，於是打開窗戶探頭看出去，只見大雪紛飛中，一個人影從外翻窗進來。沈夜嚇了一大跳，要不是對方迅速摀住他的嘴巴，只怕他的驚呼聲會立即引回漢弗萊與雷班。

翻窗進入房間的人並沒有一直限制沈夜的動作，摀住他嘴巴的手很快便拿了開。原本受到驚嚇的沈夜，看清楚對方容貌後卻換成一臉喜色：「伊凡？你怎麼找到我的？除了你還有誰來了嗎？」

伊凡道：「只有我一人，我從一開始就跟著你了。」

原來廣場發生騷動時，伊凡便立即趕往沈夜身邊，可惜還是晚了一步，眼睜睜看著少年被雷班用藥迷昏帶走。

伊凡見狀連忙緊跟而上，因爲沈夜在對方手裡，他有所顧忌而不敢現身，就怕綁匪會對沈夜不利，只得尾隨他們，並沿途留下記號。

雖然一路上漢弗萊與雷班都在留意有無追蹤者，可是他們想不到來者會這麼有耐心，無視多次他們在路途中故意露出的破綻，硬是不現身與沈夜接觸。

畢竟伊凡曾以刺客身分多次執行暗殺任務，無論是決斷力與耐性，他一樣也不缺。

所以到最後，漢弗萊二人都以爲除了小葵，就沒有其他人跟隨在沈夜身邊了。尤其愈接近目的地，他們的警戒心便愈是鬆懈，終於給了伊凡這個可乘之機。

「我本打算等援兵尋著記號找來後再做打算，但不知道哪個環節出了差錯，援兵到現在還未出現。」一路上漢弗萊與雷班把人看得很緊，伊凡根本沒機會與沈夜接觸，而一直等待的援兵卻不知爲何遲遲不來。

沈夜聽完伊凡的解釋後，一時之間思考的重點卻沒有與伊凡同步，而是想著其他事。

相較於思索援兵到底去了哪裡的伊凡，沈夜反倒比較在意青年到底是如何跟蹤他們的！

一路上，他們都是坐馬車趕路啊！離開皇城後更是一片平原，不要說騎馬行進已很顯眼，用兩條腿跑也很引人側目耶！而且，前提是伊凡要跟得上全速前進的馬車……

所以，伊凡果然是趴在車頂上嗎？

先前一直不見蹤影地保護著他時，應該也是趴在車頂上吧？

沈夜腦海中浮現伊凡可憐兮兮地趴在車頂吹風吃塵的模樣，暗暗決定回去後絕對要替伊凡漲工資！

青年見沈夜以憐憫的眼神看著自己，顯然又是走神時不知想到了什麼，只感到一陣無力，同時心裡佩服對方心眞夠寬，這種時候還能去想些有的沒的。

時間緊迫，伊凡不讓沈夜繼續胡思亂想下去，出言拉回少年的思緒：「我看到小葵被趕下馬車了。」

沈夜連忙把手鐲的事情告訴伊凡；伊凡聽完描述後，得出與他相同的猜測，覺得這手鐲很可能還附帶著追蹤功能。

伊凡道：「我可以破壞手鐲並帶你離開這裡，只是能走多遠無法保證。不然，我們也可以保持現狀，等待援兵到來。」

沈夜想了想，便下了決定：「逃吧！再等下去就要進入埃爾羅伊帝國國土，到時只會更難逃脫，倒不如現在拚一把。只要破壞手鐲，我就能聯繫上毛球和小葵。幸運的話，援兵說不定會在我們被漢弗萊他們抓到前趕上呢！」

見沈夜已做出決定，伊凡也不是猶豫不決的人，依言取出匕首，並鄭重向少年保證：「我會竭盡全力保護你。」

沈夜看到伊凡以一貫冷清的表情慎重地做出承諾，不禁勾起嘴角。雖然伊凡看起來總是冷冰冰、彷彿不帶絲毫情感，可是他一直知道對方是個外冷內熱的人。只要被青年放在心裡，他便會盡全力護對方周全。

這從當年小小的伊凡毅然選擇離開主人德斯蒙得，在明知勝算不高的狀況下仍直接對上教導他暗殺技巧的埃姆林，也要保護妹妹賽婭一事便可知曉。

沈夜感動於伊凡也像當年保護賽婭般，努力將他保護在自己羽翼之下。可是少年其實不喜歡這樣，他討厭別人爲了保護他而受到傷害。

更何況，沈夜之所以在勝算不大的情況下仍是做出逃跑的決定，也是想著對方還需要自己，不會取自己與伊凡性命。但如果伊凡不識相，只怕漢弗萊他們也不會對他心慈手軟。

「伊凡，你不用這樣。如果到時敵人追上來而你又打不過，就投降好了。任何事都沒有自身安危來得重要，被抓回去後我再找機會逃走就好。」

沈夜說罷，伊凡臉上露出難得困惑的表情，讓少年不禁茫然地眨了眨眼。他剛剛有說什麼奇怪的事嗎？怎麼伊凡的反應如此古怪？

沈夜的疑惑並沒有持續多久，只見伊凡說道：「這還是第一次有主人要求我注意自身安危。」

「……」怎麼用如此清冷的表情，說出這麼可憐的話啊？

沈夜正考慮是不是要安慰對方一下，便聽青年接著說：「一向都是主人要我豁出性命，來助他完成目的。」

「……」這麼說更可憐了好不好!?不過伊凡的表情爲什麼還是這麼冷冰冰啊?因爲伊凡的話與他的表情實在太不搭了，沈夜雖然聽完感到一陣心酸，卻又哭笑不得地不知該如何安慰對方。畢竟伊凡說這番話時又冷淡又強勢，怎麼看都是完全不須撫慰的模樣。

最後沈夜只是拍了拍青年的臂膀，表明他的立場：「別再想以前了，我和你以前的主人又不同。」

伊凡看著少年邊與他商量逃跑的事宜、邊走到窗邊觀察路線的模樣，不禁微微勾起嘴角。這幾乎看不出來的微笑，讓伊凡素來清冷的神情柔軟了不少。

良久，伊凡以微不可聞的聲音輕聲喟嘆：「是啊，確實完全不同。現在的生活，是我作夢也想像不到的美好。」

□

漢弗萊鍊製的鍊金手鐲並不容易損毀，它本來就是由非常堅硬的稀有礦物鍊製

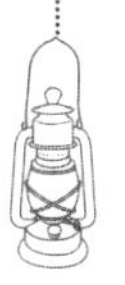

而成，絕不是尋常武器所能破壞的。

除非漢弗萊這個製造者出手，又或者斬斷沈夜的手腕，不然男子有自信對方絕對無法在被挾持的狀況下，脫掉手鐲逃跑。

然而漢弗萊卻沒料到會出現伊凡這個變數。

先是他們竟未發現對方全程一直緊跟在後，伊凡身上更正好有一把可以破壞手鐲的武器。

此刻伊凡手中握著的匕首，正是之前在古遺跡裡與阿爾文那把石劍一起獲得的武器。這把匕首可不是尋常物，一般武器斬不斷沈夜手上的鍊金手鐲，但對伊凡這把匕首來說卻不是問題。

青年待沈夜準備好後，便揮動手中匕首。隨著一聲清脆聲響起，手鐲斷分成兩段。伊凡出手的力量與角度拿捏得分毫不差，過程中沈夜只感覺到輕微的震動，完全沒被傷及分毫。

少年成功脫下手鐲的喜悅還未消退，瞬間就被伊凡攔腰抱住，接著青年乾脆俐落地從窗戶往外跳了出去！

伊凡的動作快得沈夜完全來不及反應，只能感受著耳邊呼呼的風聲，以及墜落時的失重感。懼高的少年頓時感到一陣心悸，慶幸自己看不到下面，無法感受到確切的高度。

手鐲遭到破壞的同時，吃著晚飯的漢弗萊立即心有所感，神色大變地丟下刀叉便往外跑。雷班見狀，知道一定是出事了，連忙抛下幾枚銅幣，黑著臉跟著漢弗萊離去。

兩人立刻衝回房，果見房內早已人去樓空，原本束縛在沈夜手腕上的手鐲被一分爲二，殘骸正孤伶伶地躺在地上。

漢弗萊上前撿起斷掉的手鐲時，雷班也走到大開的窗戶前，伸手抹了抹窗框上留下的痕跡：「他們是從窗戶離開的。」

漢弗萊檢視著手鐲說道：「手鐲的斷口很完整，對方是個高手。」

兩人見到房內狀況時，立即知道有人幫沈夜逃走了。不管是弄掉手鐲，還是從四樓高度跳下逃走，這些顯然都不是少年能獨自完成的事。

沈夜逃走一事雖然出乎他們意料，但如果只是這樣，事情還不算棘手。畢竟

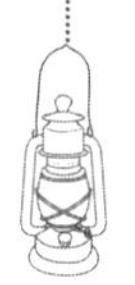

單憑沈夜一人之力也跑不了多遠，他們輕易就能將人抓回來。然而若是加上高手護航，情況便完全不同了。

雖然漢弗萊與雷班對自身實力相當自信，有信心即使遇上武藝再高強的對手，二人合力也絕不比對方遜色。但現在終究是在異國領土上，又幹著綁架他國賢者這種輕易便會犯眾怒的事，要是弄出太大的動靜就麻煩了。

「可惡！那小子該不會是故意裝病，好拖延我們的行程吧？」雷班怒氣沖沖地低吼：「把人抓回來後，我一定要暴打那小子一頓，到時你別阻止我！」

漢弗萊把手鐲收進空間戒指裡，這次倒是沒有安撫雷班的打算，他也覺得那位賢者大人不抽一頓是不會長記性的：「先把人抓回來再說吧！」

□

時間返回稍早前，小葵被趕下馬車後，便邁著短腿折返回艾爾頓皇城，卻在回城路上遇到其中一支從皇城出發、追尋沈夜行蹤的搜索隊。

路卡找出數條綁匪可能會走的路線，並派出多支搜索隊沿路搜查。路卡非常看重此事，但爲免打草驚蛇、徒增綁匪傷害沈夜的機率，搜索隊的成員並不多，然而每個都是精挑細選出來的菁英。擔憂兄長與沈夜安危的賽婭，也選擇了其中一隊加入。

幸好賽婭加入的，正好是遇上小葵的搜索隊伍，小葵才得以被發現。沈夜與靈草訂立契約一事沒有被大肆宣揚，知道的人不多。而身負重任的搜索隊人員未必會爲了一朵向日葵而停下腳步，即使這朵花正在大路上奔跑著……

「小葵，少爺呢？」聽到賽婭的詢問，原本因爲遇上熟人而喜悅萬分的小葵立即蔫了。

不過小葵馬上便恢復過來，拉著賽婭的衣袖，同時伸出其他枝葉朝馬車離開的方向指去。

賽婭見狀，雙目立即一亮：「少爺他們往這個方向離開？」

小葵立即點了點「頭」。

獲得肯定的答覆，賽婭連忙放出信號彈。通知其他搜索隊伍後，她便帶著小葵先一步追上去。

信號彈發出不久，由阿爾文帶領的搜索小隊很快便來到賽婭與小葵相遇的位置，並找到賽婭留下的留言。同時，阿爾文也遠遠看見另一支搜索隊伍正朝他們所在方向趕來。

阿爾文拍了拍隨同搜索隊前進、顯得焦躁不安的毛球的頭顱，道：「別那麼心急，既然已經知道小夜離去的方向，事情就好辦了。我們與那支搜索隊會合後再一起追上去，人多好辦事。」

聽到阿爾文的解釋，滿心只想飛往沈夜身邊的毛球這才消停下來。

其他搜索隊員不禁對這魔獸的聰慧驚歎不已。雖然知道高階魔獸的智力很高，可是毛球的表現根本與人類沒有多少區別！

毛球明明很擔心沈夜，卻知道單憑牠的力量要找到、並救出沈夜是很困難的事，跟著阿爾文他們，救出沈夜的機率反而比較高。因此，牠願意放下獅鷲的高傲，聽從年輕親王的指令、與搜索隊同行。

這些都是毛球衡量過得失後所做出的決定，也難怪一眾搜索隊員如此吃驚。在他們看來，這頭獅鷲都聰明得快成精了！

「這樣就驚訝了嗎？我們幾個曾和毛球一起旅行，牠聰明的地方可多了。」與沈夜熟識的傑夫也在此行列中，他一向很喜歡這隻獅鷲，也領教過毛球的聰明，看到其他搜索隊員面露震驚，忍不住與有榮焉地說著。

其實獅鷲智商雖高，但也沒到這麼機靈的程度，只因毛球剛出生所看到的就是沈夜，之後又與他們相處了一段時間。獅鷲的幼崽期是學習的重要階段，潛移默化之下，小小的毛球學到了不少人類的東西，再加上跟隨沈夜離開魔獸森林後還融入了人類社會，不知不覺便變得愈來愈聰明，也愈來愈有人性了。

此時，朝他們趕來的搜索隊愈來愈接近，眾人看到爲首的那名青年時，所有人全都臉色大變，立即朝對方行禮。

在一眾行禮隊員中，滿臉怒氣的阿爾文顯得十分顯眼。青年大叫：「路卡！你怎麼來了！」

那名在隊伍前頭的青年有著一頭亮麗的金棕短髮和湖水綠眸，不是皇帝陛下路

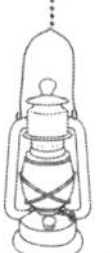

卡是誰!?

面對著迎面而來、怒氣沖沖的阿爾文，路卡低聲嘆了口氣，他就知道皇兄一定會生氣。

阿爾文見路卡嘆氣又一副無奈的神情，都快被氣炸了：「你還委屈了嗎？我們這次任務是抓捕綁匪，小夜在對方手裡，除非我們不顧小夜的性命，不然對方絕對是佔了上風，到時兩方對戰，會發生什麼事根本無法預料，你過來添什麼亂!?」

阿爾文罵路卡罵得很爽，一旁的搜索隊員卻滿臉尷尬。雖然阿爾文是路卡的兄長，可是路卡終究是一國之君啊！

現在看著皇帝陛下被阿爾文罵得抬不起頭來，他們想上去勸解，偏偏阿爾文正盛怒當中，要是勸解不成反而會惹得他更生氣，害他們勸解也不是，走開也不是，只能在旁看著陛下被訓話，實在尷尬得不得了。

結果便出現一幅有趣畫面，這些人高馬大的搜索隊員全都努力想縮小身軀、降低自己的存在感，只希望陛下被阿爾文教訓完畢後，能忽略他們這些目擊全程的小蝦米才好。

路卡也知道自己這次的舉動是衝動了。雖說多年來他的劍術沒有退步，可是仍不如阿爾文他們這些時常經歷生死關頭的人，至今路卡還未曾親自取人性命。

多了他，並無法爲這次營救行動帶來多少幫助；相反地，因爲他的身分敏感，大家還會多一上層顧忌。

但即使路卡理智上知道自己幫不上什麼忙，不過在城堡把一切安排妥當後，還是瞞著阿爾文來了。

「皇兄，很抱歉，你說的我都知道。我跟來也許會爲你添上不少麻煩，可是、可是小夜他再次失蹤，我實在無法控制自己，不想留在皇城中默默等待。」

路卡雖然態度良好地認了錯，卻堅定表達出要隨行的意思。

阿爾文看著難得這麼任性的路卡，煩躁地抓了抓頭髮，知道是說不動對方了。

當年沈夜失蹤，雖然他們各自沒有說出來，但對那時他們利用傳送陣離開、留下沈夜獨自面對危險一事，其實心裡非常歉疚。

那時路卡年紀還很小，那麼小的孩子其實並不太記事。可是路卡從小就比一般孩子聰明，何況沈夜在他們危難之際伸出援手，就像是黑暗中一道溫暖的光芒，使

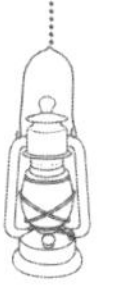

路卡難以忘懷。

結果當時留下沈夜的歉疚感便成了路卡的心魔，與沈夜一起生活的短暫回憶，更成了他一生無法遺忘的記憶。

阿爾文很清楚路卡對沈夜的執著，因爲他自己也是如此。

就像賽婭與伊凡，如今兩人早已今非昔比，爲什麼卻執意要留在少年身邊？

他們都是一樣的。

現在他們已經不是當年柔弱的孩子，本來有著絕對的自信護沈夜周全，偏偏他就在皇城裡、在他們的勢力範圍內被人綁走！

這讓路卡他們心裡不禁生起一股恐懼，會不會無論他們再怎樣位高權重，最終還是保護不了重要的人？

阿爾文想到當年沈夜失蹤後，那個總是偷偷躲在被窩裡哭泣的小小皇帝，不禁閉上了嘴，不忍心繼續責備。

青年嘆了口氣，認命地說道：「算了！你總是能讓我心軟。」

見這兩位總算和好，一眾搜索隊員都鬆了口氣，心裡卻又有幾分失望。雖然他們嘴上不說，但其實心裡都希望阿爾文能夠把人轟回去。畢竟有這位大人物在這裡，他們難以施展手腳啊！

皇帝陛下應該高高在上地坐在皇座上才對，現在突然說要與他們一起趕路吃塵，他們好不適應啊！

唉，胃好痛……

與心裡複雜的搜索隊員不同，毛球看到阿爾文和路卡不再吵架，立即一副大爺模樣地低吼催促了聲，脾氣看起來比路卡這位皇帝還要大。

偏偏路卡對毛球總是很包容，獅鷲脾氣再臭他也不以爲意，甚至還讚許牠十分忠心。

阿爾文聳了聳肩：「你倒是很縱容牠。」

路卡笑道：「誰教毛球是獅鷲呢！那麼威風凜凜的美麗魔獸，是應該要有特別的待遇。」

青年聽到路卡的解釋，揶揄道：「當年是誰要替牠改名叫『阿醜』的？又是誰心心念念要把毛球吃進肚子裡？」

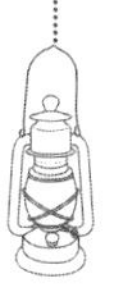

對於這段往事，路卡依稀還有些印象，只是細節已記不太清楚。畢竟過了這麼多年，加上那時年紀又小，腦中只有一些在森林與獅鷲短暫生活的片段。

因此路卡對阿爾文的說詞表示深深的懷疑：「你的意思是，那些都是我小時候做的？怎麼可能？你別騙我！」

說獅鷲醜？還要把牠吃進肚子裡？這得要多麼奇葩的審美觀、多粗神經的人才能做出如此壯舉啊？

路卡相信那個人絕對不是自己！

阿爾文看著努力想撇清當年所做蠢事的路卡，無所謂地說道：「你不相信就算了。這事不只是我，小夜也知道。」

說罷，阿爾文便不再理會一臉大受打擊的皇帝陛下，收編了會合的兩組搜索人馬。至於其他隊伍，因爲距離比較遠，短時間內是無法趕過來了。現在沈夜還等待著他們的救援，阿爾文決定即刻出發。

阿爾文表面上嚴肅整頓著隊伍，其實心裡正爲剛剛耍了路卡一番而暗爽著。

青年才不會告訴一臉糾結的路卡，其實當年他說要吃掉的是獅鷲蛋，並不是毛球，那時毛球都還沒孵出來呢！

至於路卡提議爲小獅鷲改名「阿醜」也是事出有因。因爲剛出世的毛球並不是現在這樣漂亮的模樣，確實長得醜萌醜萌的。

雖然阿爾文體諒路卡擔心沈夜的心情，但對於弟弟沒有與他商量就這麼跑來一事，心裡還是有點不爽，因此便小小報復了下。

就讓路卡自個兒糾結去吧！

Chapter 6 會合

比所有人先走一步的賽婭並不知道跟在身後的搜索隊中，竟然加入了艾爾頓帝國地位最尊貴的那一位。

賽婭身處的這支搜索隊裡，只有賽婭一名女性。在十多名身穿軍衣又剽悍的搜索隊員中，穿著魔法袍、婉約柔美的賽婭顯得相當突出。

雖然一般人都會下意識認爲女性是弱者，但搜索隊裡沒有任何人會小看這名女魔法師。

這麼年輕便成爲魔法師，本就是天資超群，何況賽婭並沒有一般魔法師嬌弱的毛病，更不曾喊苦喊累。甚至與其他搜索隊員相比，因心裡擔憂著沈夜，賽婭顯得更加拚命，根本是馬不停蹄地進行搜索。女孩對主人的忠誠，讓一眾搜索隊員肅然起敬。

賽婭實在無法不焦急，當她收到消息，得知伊凡也隨著沈夜失蹤後，她以爲自家兄長必定會跟隨沈夜身旁。即使礙於綁匪抓住沈夜而不敢現身，伊凡也應該會想辦法向皇城傳遞消息，又或者暗地留下指示方向的記號才對。

怎料伊凡與沈夜一樣，這一失蹤便是音訊全無，完全沒有留下任何線索。這讓賽婭不禁慌了，因爲以兄長的行事作風，除非出了意外，絕不會一絲訊息都不留給他們。

賽婭不得不猜想著最壞的情況，伊凡可能與沈夜一樣被綁匪抓住了。

可是，伊凡是名刺客，而且是無論速度或隱匿能力都一等一的一流刺客。敵人要打敗他已不是件容易的事，想抓住他更是困難。

又或者，綁匪爲了盡快送沈夜離開，馬不停蹄地趕路，以致伊凡在追蹤途中來不及留下記號。可是無論如何，伊凡理應不會放過一開始在廣場留下訊息的機會。然而，眾人在廣場裡卻找不到任何線索……

女孩對沈夜與伊凡完全銷聲匿跡的情況感到百思不得其解，同時也更加擔心二人的狀況。

默默思考著兩人去向的賽婭，終於在一條岔路路口發現了她心心念念、兄長留下的記號！

看到伊凡留下來的訊息，至少能確定青年仍是安全的，並且綁匪還未發現他的存在。眾人頓時精神一振，趕路所造成的疲乏也立即消失。

只要有伊凡留在沈夜身邊，那他們救走少年的機率便大大提升。

而眾人感到振奮的同時，也不忘改變路線，朝著伊凡指示的城鎮前進！

綁匪顯然一直在趕路，這令伊凡很難找到機會留下訊息，因此每個訊息都相隔很長一段距離。

幸好賽婭出國境不久便遇上落單的小葵指示正確方向，不久又發現伊凡留下的訊息，因此眾人並沒走太多冤枉路；加上沈夜故意讓自己感染上風寒，成功拖延了行程。賽婭一行人雖比沈夜他們遲上許多時間出城，但在進入安摩斯國時並沒有晚沈夜他們多少時間。

抵達安摩斯國後，賽婭等人先找到一間旅館當落腳處，接著開始四處收集有用情報。很快地，他們與稍後抵達的阿爾文等人會合。

同時，賽婭也看到那位混在搜索隊伍中的青年……

皇帝陛下您來添什麼亂啊!?

雖然也覺得路卡這次的行動實在衝動了點，不過賽婭很是感動。

即使沈夜是艾爾頓帝國的賢者，身分地位自然尊貴，可是有阿爾文這位親王親自出馬尋人，便足以顯示艾爾頓帝國對人才的重視，根本犯不著身爲皇帝的路卡出馬。

由此可見，路卡這次出現在搜索隊裡，絕對不是爲了彰顯他禮賢下士的王者風範，而是打從心底擔憂沈夜的安危。不爲名利，僅是從心。

這正是賽婭佩服路卡的地方，與眾人一別十五年的沈夜不同，賽婭是親眼看著路卡怎樣小小年紀坐上皇位，從一個天真無邪、什麼都不懂的孩子一步步成長，最終成爲將權力緊抓在掌心的權謀者。

能在與傑瑞米的角力下成爲最終贏家，路卡當然不是心慈手軟的人。然而在身爲皇帝應有的理智與冷靜下，他仍保有本來的仁慈及底線，並沒有因獲得權力而變得殘暴不仁。

無論是面對皇兄阿爾文、曾經同爲小伙伴的賽婭、賽婭的兄長伊凡，又或者對他有恩的沈夜，路卡並未因身分的轉變而高人一等，反而處處照拂，這一點特別難能可貴。

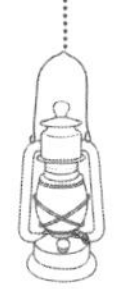

這位年輕的皇帝果斷狠敢，但同時又重情重義，實在是艾爾頓帝國的驕傲！

更令人欣賞的是，路卡十分有自知之明。雖然搜索隊中自己地位最高，可是他除了偶爾給予一些意見，並沒有對搜查一事指手畫腳。領導搜索隊的人依然是阿爾文，路卡並沒有在加入後越俎代庖。

路卡這麼做，不僅沒有人因此而輕視他，反而非常欣賞這位年輕皇帝的為人。畢竟路卡縱觀局勢的能力雖然很好，可是論統領士兵的能力，以及臨場的應變，仍是阿爾文更勝一籌。

阿爾文也沒有辜負路卡的信任，他條理分明地安排一眾搜索隊員探查伊凡指示的城鎮，很快便把整座城內外來者住宿的地點初步搜查了一遍，並找出最近幾天進入安摩斯邊境的旅客去向。

此時天色開始昏暗，留在城牆外的毛球在夜色掩護下，越過了士兵的看守，飛進來與阿爾文等人會合。

小葵看到毛球的瞬間，激動地撲了過去，瘋狂甩動著枝葉，不知在向毛球表達什麼。路卡他們私底下認為這朵花十之八九在告狀。

花朵向毛球訴說一番後，總算安靜下來，跳到獅鷲毛髮裡紮根做窩，一副安心交給獅鷲報仇的模樣。

以往小葵跑到毛球身上時，獅鷲雖然會容忍它，但偶爾也會表現出不高興的態度。可是這次毛球卻顯得非常耐心和溫柔，讓眾人更加好奇小葵向毛球告狀的內容是什麼了。

雖然鎖定了近期進入安摩斯國旅客的動向，可是當中卻沒有沈夜的消息。不過這也在預料之中，畢竟綁匪豈會輕易讓沈夜展露人前呢？

於是包括阿爾文在內，眾人分組前往這些旅客居住的地點盯梢，留下容易引人注目的毛球與小葵，以及沒有受過相關訓練的路卡與賽婭。

對此，契約生物們表現出不耐煩的態度，但爲了沈夜的安全，眾人的行動以隱密爲最高宗旨，而無論是獅鷲還是靈草都太高調了！

雖說他們可以讓小葵縮小體形隨行，不過這麼一來毛球只怕是不依了。因此，一獸一花被一視同仁地留了下來。

幸好毛球與小葵知道現在不是任性的時候，發了一頓脾氣後，以及在阿爾文的

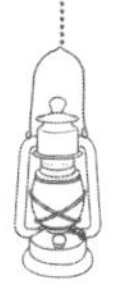

勸說下還是乖乖留下。

然而就在他們等待著阿爾文等人歸來時，毛球與小葵卻突然表現得十分激動，甚至不顧一切就要往外衝！

賽婭連忙使出魔法攔擋，看著非常焦躁的契約生物們，女孩因爲雙方無法溝通而深感無奈：「毛球、小葵你們怎麼了？先前我們不是說好了嗎，要乖乖留在這裡等阿爾文殿下他們回來。」

然而一向頗聽賽婭話的毛球與小葵這次卻完全不理會勸阻，表露出非離開不可的決心。

最後還是路卡猜出了原因：「先前我們想讓毛球帶路時，牠無法感知到小夜所在，應該是綁匪用了些手段，切斷牠與小夜之間的聯繫。但現在牠與小葵卻表現出如此急躁、想離開前往某處的模樣……難道他們能夠感應到小夜了？」

毛球與小葵本就聰明，又有著與沈夜聯繫的契約關係，除了不能口吐人言，對於理解人類語言完全沒有難度。他們聽到路卡的話，立即不約而同激動地點頭。

路卡與賽婭對望一眼，都從對方眼中看到了欣喜。沈夜能再次與毛球他們聯

繫，那是不是代表他已經成功逃脫？

「不行！我們不能在這裡空等，必須立即前去接應小夜！」路卡瞬間做出決定，他請小葵留下來等待阿爾文等人，並寫下讓眾人跟著小葵走的字條後，年輕皇帝便放出一顆用來緊急召集的信號彈，接著與賽婭一起跟隨毛球離開。

小葵雖然也很想立即趕到沈夜身邊，可是能感知到沈夜位置的就只有自己與毛球。而論戰鬥力，毛球優於自己，因此小葵只得鬱悶地留了下來。

□

在毛球與小葵感受到契約力量的瞬間，沈夜也察覺到弄斷手鐲後，原本消失的契約聯繫再次連結起來。

令少年驚喜的是，他能感覺到毛球與小葵的所在位置離自己不遠。但是當他想用契約力量召喚他們過來時卻被對方拒絕，並表示他們正帶領著援軍往自己的方向趕來。

沈夜不禁大大鬆了口氣，畢竟得知援軍與他們身處同一座城鎮，只要能夠成功會合，便可確保他與伊凡的安全。偏偏沈夜還來不及高興多久，他與伊凡便被漢弗萊兩人發現，並堵住了去路。

「賢者大人，你這麼不合作，實在很令我失望。接下來請別怪我們下手狠毒了，我們可不會像先前對待那株靈草那樣放走你的這名護衛。」漢弗萊語帶諷刺地說道。雖然確定救走沈夜的只有一人，男人因沈夜不識抬舉逃走的煩躁心情因而舒緩了點，卻也不再對少年如先前那般客氣。

相較於只用言語來表達不滿的漢弗萊，雷班的表現更為直接，一言不發地便對伊凡出手！

雷班的武器是一把大刀，舞動起來虎虎生威，非常有氣勢。伊凡的匕首相較之下顯得非常渺小。

伊凡身手矯捷，素來以速度取勝；雷班在速度方面雖然處於下風，可是他的鬥氣顯然比伊凡更為渾厚，而且那把大刀也是鍊金武器，上面的魔紋似乎還有增幅鬥氣的效果。

沈夜看到每當大刀上的魔紋閃現光芒時，原本覆蓋刀身外的鬥氣便會瞬間迸發，這種控制自如的手段讓人防不勝防。

戰士的鬥氣比魔法師的魔力狂暴，即便可以外放鬥氣，但鮮少能做到收放自如的程度。而雷班之所以做得到，並不是他對鬥氣的控制力超群，而是歸功於魔紋的幫助。

不過伊凡的匕首也不是凡物，雖沒有雷班那把大刀的特殊能力，可無論是做工還是用料都完勝對方的武器，只是幾下互擊，便已在大刀刀刃上擊出幾道小缺口。

雷班的大刀可是有著增幅版鬥氣覆蓋，但伊凡的匕首仍能在他的刀上留下缺口，這除了因爲匕首本身夠給力，還有青年使用匕首的技巧實在是出神入化。

刺客大多擅長使用各種武器，尤其是淬毒的暗器總是像不要錢似地使出來。可是伊凡發展的方向卻與眾不同，除了一般必須的訓練，青年獨獨沉迷於匕首殺敵的技巧。

一開始，伊凡的戰力遜於同期進行訓練的刺客，但是久而久之，卻逐漸拉近實力距離，最後還超前他人。

無論對方使出何種暗器，都會被伊凡舞得密不透風的匕首擊落。伊凡對於匕首的使用，已如同手腳般靈活。這也是面對難纏的大刀時，伊凡不僅不落下風，還逐漸掌握優勢的原因。

如果以現在的狀況繼續戰鬥下去，伊凡很快就能打敗雷班，可惜這裡並不只有伊凡與雷班互打，同場還有沈夜與漢弗萊。

如果伊凡對雷班佔了上風，那麼漢弗萊對上沈夜，則是完完全全地能將少年碾壓了！

一開始，當雷班二話不說便與伊凡打上時，沈夜立刻就想要往外頭跑。並不是少年沒有義氣，而是沈夜很清楚，只要好好保全自己，就已是幫上伊凡的大忙了。

面對像兔子般逃竄的少年，漢弗萊好整以暇地拋出一隻鋼鐵做的蜜蜂。這鋼鐵蜜蜂也是漢弗萊的鍊金術傑作，體型與尋常蜜蜂無異，鋼鐵上刻滿細緻的魔紋。在如此細小的地方都有著雕刻，這蜜蜂單看外表就像個美麗的藝術品。

然而相較於它細緻的外表，這蜜蜂的戰鬥手法卻非常凶殘，不僅尾部能射出毒針，頭部更能噴出火柱！

漢弗萊完全看不起沈夜的戰鬥力，一開始僅是半懲罰性地讓蜜蜂追著沈夜玩。蜜蜂一直跟在沈夜身後，見少年跑得有點遠了，便繞到前面，噴出火柱阻擋他的去路，就像貓逗老鼠般追得沈夜滿場跑。

然而當漢弗萊發現雷班不敵伊凡後，他終於開始認真，決定出手拿下沈夜！

這次沈夜被蜜蜂阻擋前路後，還來不及逃離，便被漢弗萊從後方抓住。雖然漢弗萊只是個鍊金術師，可是身具魔力滋養的他，身體素質遠比沈夜這個普通人出色，少年完全無法掙脫對方的箝制。

就在漢弗萊正要拿沈夜的安危威脅伊凡時，一道身影突然從旁衝出，持劍便往漢弗萊身上刺！要不是漢弗萊反應快，只怕身上已被刺穿出幾個血洞了。

然而還不待漢弗萊看清楚偷襲自己的人到底長什麼模樣，一顆火球已迎面而來！他正想閃避開去，卻感到手臂傳來一陣蚊蟲叮咬似的微癢，隨即不僅硬生生被火球擊中，身體還完全失去力氣，最後竟站也站不住地軟倒在地。

雷班雖然與伊凡對戰著，但一直有分出心神注意沈夜那邊的動向。看到沈夜被漢弗萊抓住時，雷班不禁朝伊凡露出志得意滿的笑容，心想：你比我強又怎樣？一會兒還不是要保住沈夜，只得屈辱地束手就擒？

然而雷班的笑容才剛勾起，便因接下來一連串事件而僵在臉上。當漢弗萊癱軟在地，失去主人的魔力支撐、繞著沈夜耀武揚威的小蜜蜂也失去了動力，掉落到地面，倒是與主人成了一對難兄難弟。

形勢逆轉得太突然，饒是雷班心理素質再好也免不得呆住，立即讓伊凡找到破綻，一擊擊倒男子。

沈夜吁了口氣，這才驚喜地轉向那幾名偷襲漢弗萊的身影：「毛球！還有賽婭！咦，路卡你怎麼也過來了？你不留在皇城沒關係嗎？」

「我擔心你的安危，幸好趕上了。」路卡微笑著把劍收回劍鞘裡。反應沒有路卡來得快、仍騎在毛球背上的賽婭，正動作笨拙地跳回地面。

沈夜見狀，知道自己這次失蹤眞的嚇壞眾人了。就連從來不讓自己之外的人騎乘的毛球，也爲了救他而破例。

眾人看了看倒在地上的漢弗萊，男子之所以失去力氣軟倒在地，並不是路卡他們的功勞，而是沈夜下的手。

沈夜用來擊倒漢弗萊的東西，是他衣服上的其中一枚鈕釦。精確來說，是藏在鈕釦中的一根毒針。

喬恩在練習調配藥劑時，曾經拿了當時在古遺跡中刺客所用的毒藥來研究，並且成功加速毒素發作的時間。在小黑的建議下，沈夜讓人改造了鈕釦，只要按下機關，便能彈出淬了改良版毒液的針。

先前沈夜一直沒有使用這枚鈕釦，主要是因爲他沒有自信能同時弄倒漢弗萊與雷班二人。直至這次雷班被伊凡絆住行動，而漢弗萊又因路卡他們的突襲而讓他有了可乘之機，這才亮出底牌。

其實沈夜並未看過毒藥改良後的效果，想不到竟是出乎意外地好，毒針幾乎才剛刺到漢弗萊，就立即生效了。

而且這毒藥好像還附帶其他作用，似乎不只是麻痺敵人、封鎖鬥氣或魔力這麼簡單？

沈夜看著漢弗萊一臉痛苦的表情，除了在心裡爲對方點蠟燭，也忍不住開始檢討自己對孩子的教育是否該再上心一點。

擁有力量的小孩子，往往比擁有力量的成年人更加危險。成年人有太多得顧忌的地方，無論是法律的制裁、利益的衝突、是非觀和道德約束……但很多時候，小孩子做事只憑著一時喜好，因此才更加危險。

沈夜本以為喬恩初接觸藥劑學，做出來的藥劑只是小打小鬧，並沒有多少危險，但現在看漢弗萊痛苦到不行的模樣，沈夜覺得回去後自己還是要多關注那個孩子一點。要是小BOSS在古遺跡沒有害人，卻在由沈夜收養後才被養歪，那他哭也沒處去哭了。

少年心裡邊苦惱著孩子的教育，邊小跑著繞過倒地不起的雷班，走到伊凡身旁問道：「伊凡，你有沒有受傷？」

聽到跑著過來的少年說出的第一句話，竟是關心自己是否受傷，伊凡心裡一暖，默然地搖了搖頭。

沈夜見伊凡安然無恙，這才垂看向臉朝下倒地的雷班，問道：「……你把他殺了？」

伊凡淡淡說道：「沒有，我擊向他頭部時用了刀柄。」

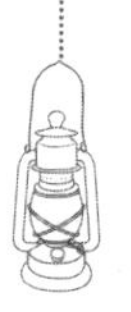

其實伊凡原本是想要殺掉敵人的，只是出手時，眼角餘光掃到少年的身影，不知爲何便改變了不留活口的習慣，下意識地不想讓場面見血，改用刀柄將人擊暈。

等到擊敗雷班後，伊凡才露出瞬間的愣怔。只是既然敵人已失去戰鬥力，他也不會特意再去補上一刀。雖然他習慣了出手都是殺招，但青年又不是殺人狂，對於沒有反擊能力的敵人倒不至於趕盡殺絕。

雖然伊凡與雷班的戰鬥堪稱激烈，但雙方還來不及放出什麼大招，戰鬥便草草結束。加上兩人對戰的地點是一條僻靜的街道，因此全程並沒有驚動任何居民。

這也是沈夜慶幸的地方，畢竟現在他們身處的安摩斯國，素來是以埃爾羅伊帝國馬首是瞻。綁架他國賢者是會惹起眾怒的舉動，別人可不會管抓走沈夜是否爲那位肯尼思殿下的個人行爲，要是事情被揭發出來，絕對會是埃爾羅伊帝國的重大外交危機。

萬一在此地引起騷動，引來了在附近巡邏的城衛兵，天知道安摩斯國是會選擇幫助他們，還是會爲了掩蓋這件事，乾脆抓起沈夜來個死無對證？

這也是沈夜在此次事件中明明是受害者，可是他與伊凡在逃走時，卻沒有找城衛兵幫助的原因。

即使現在已脫離敵人的掌控，但沈夜也不敢在這裡鬧大事情，要鬧還是等回到艾爾頓帝國再鬧好了。

Chapter 7 好色的男爵

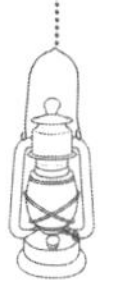

漢弗萊是鍊金術師，身上有太多讓人防不勝防的鍊金術製品。尤其剛剛沈夜用一枚鈕釦陰了他一把，少年實在怕被報復，讓自己陰溝裡翻船啊！

因此，沈夜決定排除各種危險的可能性——把漢弗萊脫光光！

反正這個街角沒有人經過，沈夜趁漢弗萊中毒無法動彈，緩緩向他伸出罪惡之爪……

當幾名搜索隊員趕到時，正好看到賢者大人一臉解氣地壓在綁匪身上，祿山之爪正扒開對方的衣服！

搜索隊員們：「……」

旁觀的路卡等人：「……」

看著沈夜突然伸手脫人家衣服，唯一沒有被震撼的就只有毛球了。牠再聰明仍是獸不是人，並不覺得赤身裸體算什麼大事，逕自興奮地繼續撲向沈夜撒歡。剛剛因爲賽婭在牠背上，害牠不能第一時間衝過去找沈夜撒嬌呢！

前來的搜索隊員正是其中一批前往旅館盯梢的成員，他們負責盯著漢弗萊與雷班這兩名外來者。當伊凡帶著沈夜逃出房間時，立即被躲在不遠處監視的搜索隊員發現。

只是伊凡速度太快，加上隱匿技巧太出色，利用夜色完美隱藏身影快速移動，隊員們一不留神便跟丟了。因爲繞了一些遠路，結果他們反而比漢弗萊與雷班，以及有毛球代步的路卡與賽婭晚了一步。

沈夜一手摸著毛球興奮蹭向他懷裡的頭，並驚喜地看著新出現的援軍，另一手卻同時還在脫著人家綁匪先生的衣服。

搜索隊員們：「……」

現在是什麼狀況？是我們出場的方式不對嗎!?

就在此時，昏迷的雷班有清醒過來的跡象，於是幾名搜索隊員趁對方尚未完全清醒，分工合作地把人綁起來。無論是用來綑綁的工具還是手法都相當特殊，包準雷班力量再大也絕對掙脫不掉。

至於沈夜則被興奮的毛球撲得東歪西倒，只得向一旁的伊凡求助：「哎，我先安撫一下毛球，伊凡，你幫忙將他脫光吧！」

伊凡：「……」

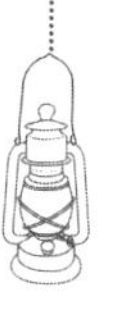

賽婭與路卡：「……」

慶幸自己沒被點名的搜索隊員們：「……」

雖然沈夜也覺得讓伊凡這朵高冷的高嶺之花（？）做這種事有點不適合，但是賽婭是女生，路卡好歹也是位皇帝，至於搜索隊員還忙著把雷班綑成粽子，所以便愉快地決定是伊凡了！

伊凡靜默兩秒，最後還是乖乖依言動手。

青年脫著漢弗萊衣服的畫面實在過於違和，看得目瞪口呆的賽婭直到自家兄長扯開男子腰帶時才驚醒過來，連忙紅著臉轉身背對他們。

當小葵領著阿爾文等一眾援軍趕來時，正好看到伊凡在脫綁匪的褲子，讓對方成了露鳥狀態。

阿爾文等援軍：「……」

不理會風中凌亂的阿爾文等人，伊凡一臉淡定地扒光漢弗萊的衣服，連他身上的飾品都沒有放過。青年還從對方大衣口袋裡找到沈夜那枚被扣留的空間戒指。

當較慢趕到的阿爾文等人總算從賽婭口中弄清楚到底發生什麼事時，沈夜也安撫好激動萬分的毛球與小葵。伊凡脫光了漢弗萊、確定他身上不再有任何可疑物品後，便用繩索將他綁束起來，給他套上一件斗篷後才讓沈夜爲他解了毒性。

雷班一臉同情地看著被連番摧殘的同伴，只見漢弗萊的斗篷底下什麼都沒有穿，只要動作稍大便會春光乍現。

相較於漢弗萊的遭遇，雷班只是被搜身後奪去了武器，待遇算是非常好了。男子不禁滿心慶幸自己是戰士，而非鍊金術師。

他的同伴被殘忍地脫光衣服，只能哭喊著不要不要，在風雪的襯托下更加可憐。至少他的衣服是保住了，現在還穩穩地穿在身上……

人就是這樣，遇上不幸時，看到一個比自己更不幸的人，即使那人是自己的同伴，還是不免會生出比較心理……

與援軍會合無疑爲沈夜打了一劑強心針，接下來只要回到艾爾頓帝國，一行人便安全了。

即使如此，沈夜並沒有完全鬆懈下來。畢竟現在仍在安摩斯國境內，而安摩斯國又是埃爾羅伊帝國的附屬國，因此他們依然在肯尼思的勢力範圍裡。

何況路卡爲了找他，竟還跟著搜索隊一起過來。雖然艾爾頓與埃爾羅伊的關係並不算差，但也稱不上親近。先不計在逃的傑瑞米，艾爾頓帝國的皇室成員實打實算就只有路卡與阿爾文兩人。要是讓該國當權者知道路卡二人都在安摩斯國境內，天知道會不會插手讓他們出點意外，藉此把人永遠留下？

到時沒了皇族的艾爾頓帝國哪還不大亂，更讓其他國家有機可乘？

現在他們迫切要知道的，是漢弗萊他們與肯尼思相約在哪裡「交貨」。伊凡有不少逼供的手段，再加上漢弗萊與雷班雖是肯尼思麾下的能人，但還不到死士的忠心程度，於是被伊凡他們用些手段逼供後，就什麼都說出來了。

漢弗萊他們表示，自從賈瑞德從弗羅倫斯帝國回來後，便把兩名皇兄打壓得相當厲害。賈瑞德並不知道是哪位皇兄派殺手去暗殺他，但他卻硬是說勢力最大的大皇兄是主謀。而這件事因爲有奧尼佛皇帝介入，因此大皇子很快便被抓捕進牢獄裡。

現在賈瑞德鋒頭正健，肯尼思被他逼迫得焦頭爛額，即使對「邀請」沈夜一事再怎麼看重，也沒有空閒出來親自接人，只得派遣心腹手下代替自己前來。

原本漢弗萊他們已和埃爾羅伊帝國邊境城鎮的手下們約好交接時間，沒想到沈夜卻突然患上風寒，他們不得已才停留在安摩斯國，不然早已將人送回去領功，自然也就沒有接下來的事。

「所以說，肯尼思的人就在離我們不遠處？那實在太危險了，誰知道他們會不會過來找人？我們還是快點離開這裡吧！」雖然身體依舊不適，可是歸心似箭的沈夜還是想要盡快啟程。只有回到艾爾頓帝國，少年才覺得自己真正安全了。

最重要的是，相較於自身處境，沈夜更加擔心路卡的安全。要是他們出了什麼事，艾爾頓帝國的皇族會被一窩踹了耶！

然而阿爾文聞言卻搖搖頭，否決掉沈夜的要求：「現在城門已關，我們暫時是無法離開了，只能待明天再做打算。」

沈夜聞言一臉訝異：「咦，這裡的城門每晚都會關上嗎？這樣豈不是很不方便？」

沈夜來到這個世界也有一段時日了，不久前才出訪弗羅倫斯帝國，也算走過不少地方，可是從不見有城鎮須要每晚關城門禁止外人進入。

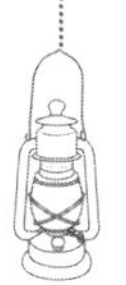

阿爾文解釋：「這原本是戰爭時期的非常做法，不過安摩斯國不僅是埃爾羅伊帝國的鄰國，還是其附屬國。埃爾羅伊帝國的皇帝年事已高，最近更是患上重病，只怕……國家動盪時，這些邊境的小城實行這種措施是很常見的。」

沈夜聽完阿爾文的解釋，這才恍然大悟。只怕埃爾羅伊帝國皇帝快要不行了？也難怪肯尼思使出如此不顧前後的手段，大概是想在最後關頭拚一下吧？

沈夜私心，當然是希望賈瑞德獲得最終勝利。畢竟他們曾共患難，雖然賈瑞德脾氣不算好，但一個在生死關頭願意以自己性命換取同伴生存機會的人，人品絕對差不到哪去。

但自己私下怎麼想是一回事，沈夜可不會因而特意干涉他國內政。不過，現在肯尼思把主意打到他頭上，自己也不會忍氣吞聲。待他回到艾爾頓帝國後……嗯，其實實際上沈夜也不知該怎麼辦才好，不過到時自有人為他向埃爾羅伊帝國討公道，絕不會讓他被人欺負就是了。

即使自己願意息事寧人，路卡與阿爾文也絕不會讓他吃虧。所以說，背靠大樹好遮蔭啊！

心裡的小人在嘿嘿嘿扠腰大笑了幾聲後，沈夜突然生出一種小人得志的感覺。

這種「我就是抱了條金大腿又怎樣，有事時讓金主出頭」的感覺好像有點太濃烈了？

沈夜連忙甩了甩頭，企圖趕走心裡的詭異想法。仔細想想，自家兒子護著自己本就是天經地義的事啊！想到這裡，太上皇沈夜大人立即心安理得起來。

漢弗萊和雷班可不知道沈夜的思緒已歪樓歪得沒邊了，看到少年盯著他們看的眼神滿是詭異，忍不住縮了縮身體，想要降低自身的存在感，而漢弗萊的驚懼更甚自己的同伴。

自從沈夜用恐怖的毒藥毒倒他，接著還不客氣地扒光他的衣服後，少年在漢弗萊的心中已從一隻人人可欺的小綿羊，升級成手段凶殘的小惡魔了！

什麼叫風水輪流轉？這就是了！不久前沈夜還是被他們套上狗鏈子的階下囚，現在他們卻反被沈夜控制。

早知道有天他們要仰仗沈夜的鼻息過活，當時就對少年客氣一些了。

可惜這世上沒有後悔藥可吃，漢弗萊兩人只得忐忑不安地等待著艾爾頓帝國這邊對他們做出處置。

幸好沈夜他們對待俘虜雖沒有特別優待，但至少不會故意虐待人。何況先前逼供時也沒有讓二人少受罪，沈夜已經出了口惡氣。

現在眾人的狀況仍未完全安全，為免發生意外，俘虜不方便與眾人一起行動。阿爾文便讓幾名搜索隊員帶走漢弗萊二人，找個地方將他們囚禁起來，直至他們回國後再另行通知如何處置。

□

進入安摩斯國時，路卡他們為了能最快收到各方情報，選了一間位於城中的旅館暫住，但旅館房間數量吃緊，得好幾個人同擠在一間房。但現在找到了沈夜，路卡決定不再住那裡擠人，因此這晚他們並未回到原本留宿的地方，而是搬到沈夜租住的旅館。

眾人來到沈夜留宿的旅館時，旅館老闆看到突然多出這麼多筆生意，喜得晚上作夢都笑出來。

自從被綁架後，沈夜這段時間一直在擔驚受怕。雖然表面上硬撐著讓人看不出來，但其實他心裡是害怕的，因此這段時間一直睡得不好。

現在雖尚未完全脫離險境，但與同伴會合後，少年心裡總算踏實多了，再加上病弱的身體特別容易疲累，這一晚少年睡得格外地沉。

隔天一早，沈夜醒來時只覺精神暢快，感冒症狀也在睡完這一覺後消退；少年實在是好一陣子沒睡得那麼舒服了，要不是此地不宜久留，他都想賴床睡到中午才起來。

可惜天不從人願，沈夜滿心想著要盡快離開，偏偏就在他們想要出城時，這座邊境小城卻關上城門！

沈夜知道這消息時大驚，還以爲肯尼思知道他逃脫一事，特意請安摩斯國關城門來堵他。

後來打聽之下，沈夜才知道這次關城門並不關他的事，而是被其他事情牽連。

據外出打探隊員獲得的情報，這座城鎮的城主是位家道中落的男爵，而且是那

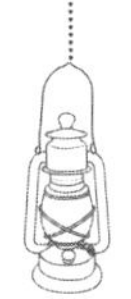

種本身沒什麼實力、混吃等死的貴族。

男爵名叫克里門，雖然祖先曾經顯赫，但現在家族已經沒落了。此人本身也沒有任何特長，正因如此，他的領地就只有這位處邊境的小城。

克里門資質平庸，大家都不期望他有多大的作爲。然而即使克里門家族再沒落，他終究是有爵位的貴族，身分仍比一般平民尊貴。何況山高皇帝遠，在這座城鎮裡，克里門便成爲一個無人可管的土皇帝；中二一點的說法是，城主克里門大人就是這裡的法律！

偏偏克里門有一個很大的缺點，就是好色。

幸好這種偏僻小地方本就沒有什麼大美人，而且這裡的生活環境算不上好，就算是長得稍有姿色的女生，在生活的磨練與艱辛下即使不皮黃骨瘦，也剩不了多少風姿。

因爲遇不到喜歡的民女，而這位男爵大人對美人也是滿挑的，因此就只在府中養了一些重金買回的歌姬女奴來尋歡作樂，倒是沒有禍及一般平民。

克里門喜歡美人，而且新鮮感過後，熱情便瞬間冷卻，因此他總是花大把大把的金幣購買美人。每次看到男爵府的管家前往奴隸市場，當地居民就知道男爵大人又要尋找眞愛了。

然而這只是在他遇不上漂亮民女的狀況下。偏偏沈夜他們這一行搜索隊中，有著賽婭這位長相秀麗、充滿知性美的美人。

昨天克里門的走狗無意間在街上看到賽婭後，立刻驚爲天人，原本想立即抓走美人，獻給男爵大人領功。

可是那走狗還算有點眼力，先不說賽婭身上穿著的魔法袍明確表示女孩的身分，光是那些與她同行的男子們一身剽悍的氣息，便知道這些人不是好惹的。

於是那走狗倒是沒有輕舉妄動，而是跟在賽婭身後，確定她留宿的地方後，便趕去男爵府告知克里門。

只是克里門那天正好新買回一批歌姬，欣賞歌舞再加上接下來一些兒童不宜的活動，竟然把那名走狗給忘了，害對方枯等了一晚。

第二天，當克里門醒來聽到走狗的報告後，便立即派手下到賽婭原本落腳的旅館抓人。

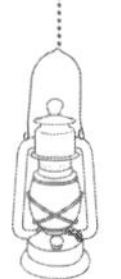

在美色的誘惑下，克里門可不理會賽婭是不是魔法師，以及這麼年輕的魔法師是否有著他惹不起的背景。

這些年來克里門已被眾人寵壞，他完全不認爲這座城內有誰的身分比自己高貴，也不害怕任何人報復。基本上男爵大人的腦中只容納了「美人」二字，至於他的手下有沒有抓捕魔法師的能耐，誰在乎。

可惜這次手下們乘興而去，卻敗興而歸。因賽婭一行人昨晚找到沈夜後，便移住到沈夜的旅館，根本沒有回到那名走狗調查出的旅館休息啊！

克里門本以爲又能獲得一名美人，還喜孜孜地想著，如果這個女的知情識趣，長得又眞如手下形容得那麼年輕貌美，說不定還可以就此娶她爲妻。畢竟娶一位美女魔法師，可比那些舞姬女奴高端大氣多了，甚至比一些沒落的小貴族千金還高格調。

偏偏就在克里門好心情地盤算著如何安置這位美人之際，派出去的手下卻回報說找不到人！

聽到這消息，克里門立即急了。不知有這麼一位美女進城就算了，可現在已被手下的情報撩撥得心癢難耐，煮熟的鴨子就要飛走，這教他怎能甘心？

於是克里門頭腦一熱，便下了封鎖城門的命令，直到找到那位美女魔法師爲止！

結果便有了現在城門封鎖、讓沈夜一行人無法離開的情況……

聽完那名隊員的敘述後，眾人全都默然了。想不到他們才想著要盡快離開城鎮，便出了這檔子事，這算什麼？紅顏禍水嗎？

身爲當事人的賽婭想到自己惹出這種事，還害她重要的沈夜少爺無法脫離險境，覺得既尷尬又歉疚：「抱歉，都是因爲我……」

沈夜連忙安慰：「賽婭妳不用道歉，這又不是妳的錯。放心，我不會讓那個男爵得逞的！」

一旁的伊凡更是滿身殺氣地說道：「他不會有這個機會的！」說罷便要往外面走。

沈夜見狀，連忙拉住伊凡的手臂。也只有沈夜與賽婭有這個膽子，敢在伊凡渾

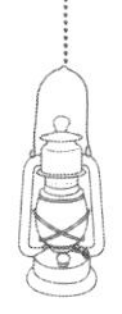

身殺意時觸碰他：「等等等等！伊凡你可別胡來啊！要是你現在去幹掉那個男爵，到時候事情一鬧大，我們就危險了，說不定還會引起肯尼思手下的注意。安摩斯國好歹也是埃爾羅伊的附屬國，算得上是肯尼思的地盤。我們人數不多，動起手來是很吃虧的。」

賽婭也連忙安撫著兄長，兩人好說歹說，總算把克里門的小命保下來了。

阿爾文見伊凡不情不願地打消刺殺克里門的念頭，不禁感到一陣好笑，心想這世上果真是一物剋一物，伊凡就連他和路卡這兩位皇族的帳都不買，偏偏就是聽沈夜與賽婭的話，還真是令人哭笑不得。

「現在該怎麼辦？那個男爵是鐵了心要把賽婭找出來，他們首先會搜索的便是外來者聚集的地方。我們繼續留在旅館裡，相信很快就會被他們找到，要盡快決定下一步的行動才行。」

阿爾文說罷，眾人便陷入一陣沉默。此時，一直沒說話的路卡卻是不鳴則已，一鳴驚人：「我們把那個什麼男爵綁走就好，正好可以利用他掩護我們出城，一舉兩得。」

沈夜訝異地看向勾著溫和微笑、面不改色地計畫著綁架大計的路卡，一時之間反應不過來。

路卡的人設改掉了嗎？

當年那個柔柔軟軟、很好欺負的小路卡到哪去了!?

沈夜還陷在「兒子長大變得很厲害但完全不好欺負了啦」的矛盾心理時，路卡的建議卻已獲得眾人的大力支持。

不得不說，自從沈夜被抓走後，阿爾文他們心裡都憋了一股子的悶氣，原本還摩拳擦掌地打算趁救走少年時將綁匪圍毆一頓，怎料完全不須要他們出手便把人收拾了。

於是這股悶氣更是堵在心裡不上不下，後來又發生男爵這件荒唐事，可說得上是諸事不順，多悶啊……

路卡的提議，不但解了眾人正面臨的難題，還能讓他們當綁匪來解解氣。現在阿爾文等人已暗自想著找到克里門後，要怎麼拿他出氣了。尤其是伊凡，雖然他不會眞要了這位男爵的命，不過讓他吃些苦頭一定少不了。

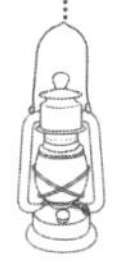

誰教克里門誰的主意不打，偏偏把主意打到賽婭身上呢？

於是當男爵大人還妄想把美人抓回來時，卻不知道事情已朝詭異的方向展開，八匹馬都拉不回來了。

Chapter 8
他是男的！男的！

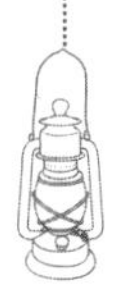

雖然克里門是這座城的權力頂端，但男爵府的守衛卻稱不上森嚴。畢竟這裡只是偏僻的小地方，即使出現了稍有天分的人，也都拚命往皇城發展，強大的護衛又怎會甘心留在這裡任克里門差遣呢？

沈夜這邊的人手雖不多，但除了沈夜以外，每個都是高手。即使是多年來養尊處優、缺乏實戰經驗的路卡，實力也比男爵府的護衛強得多。

阿爾文他們原本並不想讓路卡與沈夜親身犯險，何況也犯不著全部的人出馬，只須出動一半人員，便能神不知鬼不覺地綁走克里門了。

然而路卡與沈夜卻興致勃勃地要求同行，年輕皇帝與搜索隊員們一樣，悶了一肚子氣的他急需一些沙包來發洩心裡的苦悶；至於沈夜，他則是氣惱克里門把主意打到賽婭身上，想親眼看看他吃苦頭的模樣。

雖然兩人出發點不同，可是結果卻一樣。請先替男爵大人，以及他的護衛們點根蠟燭……

阿爾文見他們如此堅持，也沒有拒絕。反正雙方戰力懸殊，他有自信能護兩人周全。何況留下來也不一定安全，他們人手並不多，說不定把人集中在一起，更能好好保護到這兩人。

沈夜再次貢獻出喬恩給他的一瓶藥劑，這藥劑的配方來自於喬恩獲得的傳承，在世上可是僅有的一份。

別以為這只是用料簡單的初級藥劑，很少的分量便能迷昏男爵府一大半的人。然而這藥劑能夠迷昏的，只有實力低落的人或是普通人；對於男爵府的護衛，只能削弱他們的能力，並不能將人迷暈。

不過，這對阿爾文他們來說已足夠。反正男爵府護衛根本不是他們的對手，使用藥劑也只是不想把事情鬧大，並避免傷害到無辜的下人。

男爵府是整座城鎮最華麗的建築，尤其克里門很著重門面，整座大宅金碧輝煌，簡直亮盲了沈夜的眼。

路卡見沈夜驚歎的模樣，笑道：「怎麼，小夜你喜歡這種風格嗎？要不要把你的府邸也照這樣子裝潢？」

沈夜連忙搖頭，長時間生活在這麼閃亮又金燦燦的環境，說不定精神會出現問題呢！

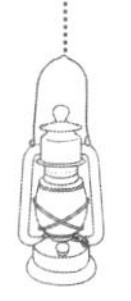

路卡見狀笑了笑，卻沒有告訴少年，賢者府的裝潢雖是走溫馨平實的路線，看起來不及這棟男爵府華麗，但每件東西全都是精桃細選，從用料到手工都是一流的。光是沈夜臥房那張揉合了多種魔法、冬暖夏涼的大床，就比這裡所有黃金製品還要名貴。

這時，阿爾文等人已輕易打倒了那些受藥劑輕微影響的護衛，總算覺得堵在胸口的那股惡氣消散不少。

在不驚動外界的狀況下，眾人很順利地來到克里門的房間。

當一行人闖進去時，克里門還在做著兒童不宜的某種運動。最喪心病狂的是，明明那個女的已經因爲迷藥而昏迷，男爵大人的動作卻依然沒有停止，結果被沈夜他們碰個正著。

沈夜想不到闖進去會看見如此火辣的場景，立即滿臉通紅地轉過身。同時伊凡也連忙阻止走在後頭的賽婭進去，免得她被污染了眼睛。

雖然轉過身的沈夜已看不到房內情況，可是腦海中依然浮現剛剛看到的那白花花的肉……這景象對還沒交過女朋友的沈夜來說，實在太刺激了點。

興之所至，即使身下的舞姬突然昏迷也阻不了男爵大人的興致，然而一群陌生人闖進來後，他再不願意也得停下來了。

「你們是什麼人？誰允許你們進來的!?護衛呢？護衛都死到哪裡去了!?」

沈夜聽著克里門怒吼，忍不住撇了撇嘴，心想這人還真是搞不清楚情勢。他們這些人能闖進房間，就代表外面的護衛要不被他們收買、要不就是被他們擺平了。這人倒好，完全只顧著發怒罵人，只能說無知者無懼嗎？

伊凡看著眼前這個肥得一個人可以當成兩個的胖子，雙目閃現危險的光芒。就是這頭肥豬妄圖打賽婭的主意!?

伊凡把指關節按得啪啪作響：「你們出去一下，這裡交給我。」

眾人靜默了下，伊凡素來對賽婭這個妹妹寶貝得不得了，知道不讓伊凡出口惡氣是不行了，於是阿爾文說道：「好吧！記得留他一命。」

說罷，眾人便退了出去。

沈夜無視從房裡傳出鬼哭神號的慘叫聲，感慨地說道：「想不到那個男爵竟然不怕那些迷藥，原來他不像外表那樣無能嗎？」說罷，少年還露出不爽的表情。

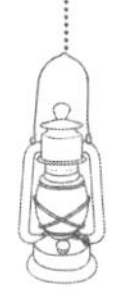

沈夜明明都穿越到這個具有魔法與鬥氣等神奇力量的小說世界，偏偏對這些就是沒什麼天分。那個男爵都肥得要冒油了，怎麼看都是一副疏於鍛鍊的模樣，但接觸迷藥後竟沒有昏迷，也就是說他的實力比外表看來還要強大，至少比沈夜這個普通人強。一想到這點，沈夜便有些不爽。

賽婭被少年忿忿不平的表情逗笑了，解釋道：「少爺，我能從那個人身上感受到鬥氣的波動，我猜他的確有著作爲戰士的天賦，只是那人現在的實力是用藥劑堆砌出來的。這種做法的效果並不穩定，初期實力雖然提升得很快，可是到一定程度後便難再突破。而且因爲不是靠自身努力修練而成，所以他對自身鬥氣的掌控也許還不如一名學徒呢！」

沈夜聽完賽婭的解釋，總算明白過來。原來克里門的實力是嗑藥得來的啊！

因爲時間緊迫，伊凡教訓克里門的時間並沒有太長，房門很快便被打開。沈夜探頭看著房內的場景，忍不住訝異。克里門像隻死豬般，癱軟在那張king size的大床上，除了渾身冒著冷汗，以及臉色蒼白外，倒是沒有缺腿缺臂膀，甚至沒看到有任何外傷。

所以剛剛到底發生了什麼事？方才克里門在裡面叫得那麼慘，還以爲伊凡把他怎麼了呢！

沈夜幾乎把心裡的好奇與疑問全寫在臉上，阿爾文看著好笑，揉了揉沈夜的頭，這才開口爲他解惑：「憑伊凡的手段，有辦法在不留下外傷的情況下給克里門教訓。而且我們還要利用此人帶我們出城，可不能先廢了他。」

原本軟趴趴癱在床上的克里門聽到阿爾文的話，瞬間彈起，心有餘悸地表示：「我我我會幫忙的！你們說什麼就什麼，只要別再這麼折騰我就好！」

說罷，男爵大人這才發現自己沒有穿衣服，立即一臉嬌羞地拉起被子遮住一身白花花的肥肉，看向伊凡的眼神有多幽怨就有多幽怨。

沈夜的視線不禁在伊凡與克里門之間來回掃過，要是不知內情的人看到這狀況，還以爲伊凡把人給「辦」了……

咳咳！別亂想別亂想！

被腦袋裡的想像雷得外焦內脆，不過看著克里門倒楣又鬱悶的模樣，心情不禁變好的沈夜摸了摸下巴，心想難怪不少升級爽文總是免不了英雄救美的情節，因爲打臉色魔時感覺眞的滿爽的。

加上主角英雄救美時往往能獲得美女的感激，而且說不定苦主還正是女主角！

通常，故事裡主角打了色魔還有色魔的老爸後，就會有色魔的老祖宗跳出來。從初級到超強級一層層打上去，那色魔簡直就是爲主角練功升級而鞠躬盡瘁，眞是體貼過頭了啊！

當然，過程一定不會一帆風順，尤其對戰老祖宗級別時，主角一開始大多會被打掉半條命，逃命後發憤圖強，練成絕世神功後再殺回來，在所有人都不看好他的狀況下，把那個老祖宗一拳K．O．！多爽！多熱血！

過了一會兒，沈夜才從腦內天馬行空的想像中回到現實世界。少年不禁搔了搔臉，心裡大嘆：職業病啊，職業病……

少年收回無限擴張的腦洞，看到克里門忙著穿衣服便不再注意他，轉而與阿爾文討論：「我們就這樣走了嗎？還有，把漢弗萊與雷班留在這裡沒關係嗎？」

阿爾文道：「放心，我已經派人去看管那兩名綁匪，那兩人是這次事件的重要人證。肯尼思的目標是你，你只要留在這裡一天便不會安全。現在最重要的，是先護送你回艾爾頓帝國，討債什麼的待你安全後再說。」

路卡聞言也道：「我知道這次的事情讓小夜你受苦了。放心，我們一定不會放過肯尼思。回國後，我會立即向埃爾羅伊帝國進行嚴正抗議。還有那兩名綁匪，我一定不會就這樣放過他們！」

青年頓了頓，續道：「現在克里門搞出封城的舉動，而且漢弗萊他們遲遲沒有與肯尼思的人聯絡，難保對方不會過來查看。肯尼思的手下應該知道小夜你的相貌，所以接下來你還是不要露臉，到時與克里門一起坐在馬車裡。」

路卡說罷，露出不懷好意的笑容補充：「爲了保險起見，小夜你不如穿上女裝，僞裝成克里門的女伴吧？反正在男爵府中要找一件適合你穿上的女裝，應該不難。根據情報，克里門出門一向有與美人共乘馬車的習慣，到時即使有士兵察看，也不會露出破綻。」

晴天霹靂！

「什麼!?不行！絕對不行！」沈夜立即高聲反對。

讓他扮女人？門兒都沒有！

路卡理解地嘆了口氣：「我知道是委屈了你，如果可以，我也不想讓小夜你受這種委屈。可是我們在敵人地盤上，多留一秒便多一分危險，萬一到時又生出別的枝節……哎，小夜你不願意就算了，我們冒險一些也不想委屈到你。」

如果路卡強硬地逼迫，也許少年還會生出些許反抗心情，可是他才剛表現出抗拒的模樣，對方便立即願意讓步，這反而讓他不好意思拒絕了。而且路卡說的也有道理，為了大局著想，最後沈夜咬牙應允下來：「那……那就依你所言，我穿女裝就是了。」

阿爾文在一旁看得好笑，心想路卡還真是坑小夜不賠錢。克里門是這裡的土皇帝，他的馬車誰敢扣查？一番話說得義正詞嚴，卻分明是路卡的惡趣味嘛！

一旁賽婭看到沈夜頷首，立即興致勃勃地為少年打點一切。沈夜看到賽婭謎之興奮的模樣，開始後悔剛剛自己下的決定了……

很快地，克里門已整裝待發。倒是被賽婭帶到其他房間打扮的沈夜，過了好一會兒，這才忸忸怩怩地出現在眾人面前。

眾人看到沈夜的女性裝扮，無不感到驚艷萬分。

十多歲的年紀還不足以稱爲青年，少年的身形又較一般人單薄，再加上沈夜長得清秀，皮膚又光滑白皙，穿上女裝竟沒有絲毫違和感，甚至十分漂亮。尤其因爲生長環境與這個世界的人不同，一身特殊氣質，即便女裝的他容貌稱不上美艷，但配上這般獨特，竟讓人不由自主地將視線投放他身上。

此刻沈夜身穿一條淡藍色連身長裙，臉上不施脂粉，就只抹了一點淡粉色口紅，卻成爲一抹亮點，使他整張臉都亮麗起來。

雖然沈夜輪廓不如西方人立體深邃，卻有著東方人的精緻眉眼，以及細膩肌膚；賽婭還替少年戴上假髮，長長的直髮再配上柔和的臉部輪廓，怎麼看都是位氣質出眾的溫柔少女！

雖然從沈夜原本的容貌來看，眾人已預期到他的女裝扮相不會難看，可是卻想不到會這麼讓人驚艷。看著眼前如此清純有氣質的長髮少女，他們都有種要戀愛了的錯覺。

阿爾文回過神後，立即假咳了聲，刀鋒般的銳利視線充滿警告意味地朝在場眾人投去。一眾搜索隊員見狀，立即打哈哈地移開視線，同時在心裡大吼：沈夜是男的！他是男的！男的！

不過眞的好可愛……

路卡原本只是惡趣味地打算開一開沈夜玩笑，可是見眾人用狼一般的眼神盯著少年時，心裡也不禁生起一陣不爽。

路卡見沈夜被眾人鬧得滿臉通紅，臉紅得都快燒起來了，便上前拍了拍少年的肩膀，大大方方地讚賞：「很好看，如此一來就方便大家行事了。」

原本換上女裝已讓沈夜覺得十分彆扭，後來眾人看到他時那驚爲天人的表情更是打擊到他。如果是女生，也許會因爲別人的驚艷而沾沾自喜，但他是男的啊，這有什麼好高興的⁉

最後還是路卡那公事公辦的口吻安撫了他，想到自己是爲大局犧牲，沈夜總算表現得比較自然，甚至還有心情開玩笑地轉了一圈，問：「好看吧？」

路卡點了點頭，一旁的阿爾文笑道：「當然好看，你可是我們的小公主啊！」

沈夜聽到阿爾文的調笑後有點生氣了，可是很快地，心裡便生起一種奇特的熟悉感。

隨即，本以爲已經遺忘的記憶，在腦海深處浮現……

穿著可愛小洋裝、戴著綴了絲帶花與蝴蝶結帽子的兩名小皇子看起來又軟又萌又漂亮。

小小的阿爾文抬頭，惡狠狠地質問：「看什麼!?」

當時早就對阿爾文那凶狠眼神免疫的沈夜，笑嘻嘻地回答：「看我的小公主啊！」

回憶結束，沈夜：「……」

以前的他到底有多想找死啊？這一次的女裝是報復嗎？赤裸裸的報復嗎!?

明明那時他們年紀那麼小，卻把這事記了十多年。所以，他們到底對穿女裝有多大的怨念啊!?

也許他這次穿女裝，並沒有像路卡所說的那麼必要吧？

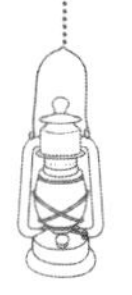

所以他這是非必要的犧牲嗎？

沈夜開始察覺到自己被路卡和阿爾文耍，小小哀怨了下後，便後知後覺地回憶著自己曾做過多少找死的行爲。依阿爾文他們睚眥必報的性格，還是先想起來有個心理準備比較好。

一旁穿好了衣服、正努力減低自身存在感的克里門，看到沈夜與賽婭走出來時眼睛都亮了。

只見一個清純可人，一個溫柔婉約，各有各的美態。雖然其中一個是男生扮的，可是美人就是美人啊！性別什麼的都是浮雲，看起來漂亮就可以了！

新世界的大門，緩緩在克里門面前打開……

男爵想到等下還能與美人一同坐馬車，便心癢難耐。雖然不能眞的做什麼……不，也許眞的可以做什麼？比方說轉彎時坐不穩，不小心向美人倒去；又或者裝作不經意地摸摸小手什麼的……

阿爾文突然往前走了兩步，用身體擋住克里門打量沈夜的視線。克里門抬頭，立刻迎上青年爽朗的笑容：「你可別胡來，你哪隻手碰到小夜，我就把那隻手剁了，我說得出做得到！」

克里門突然覺得被阿爾文盯著的手好像痛了起來，立即滅了剛生起的小心思。畢竟美人多得是，手被剁了可不會長回來。

另一邊，路卡正向沈夜諄諄告誡：「小夜，伊凡已封鎖克里門的鬥氣，加上他先前中的迷藥還是有些幫助，現在對方應該沒有多少力氣對付你。一會兒與克里門一起坐馬車，要是他對你動手動腳，不要怕，立刻告訴我們。還有……」

等等！路卡你的人設怎麼好像不太對……

明明是高富帥的皇帝陛下，這種擔心女兒被人騙了的大媽既視感是怎麼來的？

畫風變得太奇怪了，這莫名地有喜感耶！

幸好眾人不知道沈夜現在的內心想法，要是知道少年把皇帝陛下的叮囑想成老媽子的關心，那真的要給少年跪了。

這腦洞大開的……

□

經過一番擾攘，眾人在男爵府安排好各種應對措施後，浩浩蕩蕩地整裝出發。

很快地，城鎮人民便發現男爵的護衛隊進行了大換血，全換成一群生面孔。而且重要的是，新的護衛隊成員都長得不錯，尤其領頭的兩名青年更是俊美。深棕髮色的那位氣宇軒昂，金棕髮色的則溫潤柔和，看得一眾平民女子紛紛花痴起來。

可是眾女子一想到克里門的護衛素來欺男霸女，便立刻歇了心息，大嘆如此出色的帥哥們竟成爲克里門的爪牙，實在可惜得很。

正當眾女性們爲這些顏值特好的帥哥惋惜的同時，一眾平民漢子則是心痛得快要哭了。

城門突然被關這麼大的事，自然不會一點風聲都沒有流傳開來，何況克里門根本就沒有遮掩的打算。因此這次之所以關城門，是因爲男爵大人對一位美女魔法師一見鍾情，不把人找到誓不罷休一事，便像長了翅膀般傳播開來。

現在，男爵大人終於下令打開城門，而出行的隊伍中又多了一位美女魔法師，這說明了什麼？

顯然是美人已被男爵找到，而且還收下了嘛！

這速度也太快了吧？

這魔法師果然長得很漂亮，一頭金紅色長髮在陽光照射下彷彿散發著光芒，還有嘴角淡淡的微笑也顯得溫婉可人。這麼一朵水靈靈的白菜，怎麼就讓克里門那頭豬拱了呢？

雖然一眾男士很想大喊一聲：「放開這個美女，讓我來！」然而現實是殘酷的，身分的差距血淋淋地橫放在他們面前，這些平民只敢在心裡淚流滿面，對著男爵大人的馬車卻是連屁都不敢多放，更遑論英雄救美了。

與美人（雖然是男的）同車，卻又得爲小命著想，不能向對方做什麼，克里門覺得再這麼忍下去，都快要憋出病來了。

雖說美人誠可貴，生命價更高，可是像克里門這種看見美人便邁不開腳步的人，當然不會一直這麼老實。果然過不了多久，心猿意馬的克里門開始熱絡地向沈夜搭話，更是趁說話時與沈夜愈坐愈近：「出城後再走一段路便進入艾爾頓帝國的

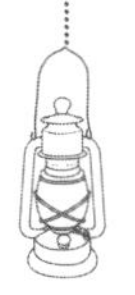

領土，你們是艾爾頓帝國的人嗎？」

沈夜瞟了克里門一眼，完全沒有理他的意思。

美人高冷的模樣撓得克里門心癢癢，男爵眼珠一轉，續道：「話說不久前才有一群高手從艾爾頓帝國那邊過來，停留了好一段時間才離開。那群人雖然自稱傭兵，可是一看便知道是軍隊的作風。不過他們很懂得做人，停留期間並沒有生事，對我也孝敬不少，因此我就睜一眼閉一眼了。」

克里門見沈夜終於被他的話提起興趣，在美色誘惑下，更是把這群人的事滔滔不絕地說了出來。例如他們有多少人啦、什麼時候過來、在城裡做了什麼事等等，說罷，男爵大人更道：「對了！那群人的首領，和你們其中一人長得很像……」

沈夜原本愈聽愈覺得克里門口中那些人深不可測，聞言一愣，於是問道：「像誰？」

克里門道：「就是叫你『小公主』的那名深棕髮色的青年啊！」

沈夜聽完，瞬間感到不好了！

在克里門面前叫他「小公主」的那個人，不正是阿爾文嗎!?

來自艾爾頓帝國、手下高手如雲，自稱傭兵團但看起來像軍人，而且長相還與阿爾文很相像……這個人……克里門口中的人應該就是傑瑞米沒錯吧？

即使沈夜想著會不會是巧合，可是這世上哪有這麼多巧合!?

跟隨著的那群人，分明就是隨同傑瑞米一起叛國的私兵對吧!?

沈夜猶豫片刻，還是決定把傑瑞米的行蹤埋藏在心裡，不向路卡他們透露。

雖然知道只要此人一天不除，便是路卡與阿爾文的威脅，可是因爲某些原因，沈夜並不想傷害這個人。如果傑瑞米離開艾爾頓帝國後平平靜靜地生活，那倒是不錯。

Chapter 9
這個美人，我要了！

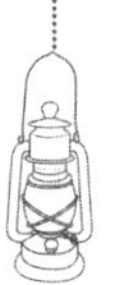

原本有了克里門隨行，沈夜一行人理應能夠安安穩穩地出城才對。然而世事難料，就在一行人正要出城門之際，馬車竟被人攔下來。

起初路卡要求沈夜穿女裝，只是為了滿足自己的惡趣味，並不認為真的會有人檢查克里門的馬車。

可是偏偏馬車還真的被攔截了，而且攔截的，正是他們最不想碰見的人！

那些肯尼思派出來接收沈夜的下屬！

想不到漢弗萊他們只是在安摩斯國拖延了一天，這些人便直接來到邊境找人。由此可見，肯尼思對沈夜的執著超乎路卡等人的預料。

其實這也要怪賈瑞德帶回國的溫室種植法實在太成功，而他還在有功於國家的時候，藉著刺客一事打擊兩名皇兄的勢力，結果跳過真正的罪魁禍首——二皇子肯尼思，硬是說勢力較大的大皇子是真凶，直接弄得人進了牢獄。

其實肯尼思派刺客暗殺賈瑞德並不是第一次了，以前皇帝為了制衡三名皇子，一向不管他們的事，有時甚至還會拉弱勢的那方一把。肯尼思知道那是因為父皇還未決定繼承人，同時也為避免其中一名皇子勢力過大，影響到他的統治。

可是這一次，皇帝卻明顯幫著賈瑞德打壓他與大皇子，這是從來都沒發生過的事。這也顯示出一個很重要的訊息，皇帝要定下繼承人了。

皇帝年紀大了，近年身體狀態每況愈下，該是立王儲的時候。賈瑞德能力本就卓越，已獲得不少大臣的支持；現在皇帝開始表態，一些還在觀望的人紛紛選邊站，勝利的天平完全向著賈瑞德傾斜。

在肯尼思不算聰明的腦袋裡，這一切的根源就是賈瑞德帶回了沈夜的研究成果。正因爲這份功勞，賈瑞德才能獲得皇帝的另眼相看。

只要肯尼思能獲得沈夜的效忠，自然便可扭轉劣勢了。

而且在皇帝身體狀況愈來愈差、不知何時會駕崩的情況下，肯尼思這心思變得更加急切。

原本二皇子想要親自前往邊境迎接沈夜，只是覺得這樣巴巴地趕去太掉價。反正人都被他抓來了，還跑得掉嗎？而且皇帝病重，還不知會不會突然嚥氣呢！要是自己不在時父皇死了，豈不是被賈瑞德白白撿了便宜嗎？

於是他留在病重的皇帝身邊忙著大獻殷勤，改派幾名手下到邊境接沈夜。

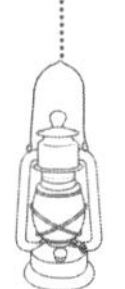

肯尼思派去的手下都是他的心腹，而且都是與他從小玩到大、出身名門貴族的紈褲子弟。原本那些手下對這次任務並不太當一回事，去邊境接人對他們來說也是簡單到不行的任務。

要是漢弗萊和雷班成功把人送來，自然是皆大歡喜。既然人都被送到埃爾羅伊帝國，還能跑得了嗎？他們只須將人護送回皇城就好。如果漢弗萊二人未能將人帶來，他們就算是任務失敗，可以回家洗洗睡了。

無論怎麼看，這都是一件沒啥難度的好差事。

本來一切很順利，不久前才收到漢弗萊二人的消息，表示已順利把人帶進安摩斯國，再一天便會與他們碰頭。然而隔天這些紈褲子弟便察覺出不對勁。

明明前一天還收到漢弗萊的通訊，說那名少年賢者因生病得在安摩斯國停下休息一晚，然而從那之後便沒了消息，今早也一直等不到人前來。

於是他們便過來確認狀況。

當他們被看守城門的士兵攔住時，才知道男爵大人竟然爲了找出美人而封鎖整座城。不過這並不影響計畫，他們拿出肯尼思給的憑證，輕輕鬆鬆便進入城內。畢竟肯尼思雖然無法親自前來，但對於接收沈夜一事還是相當在乎，早已派人打通好關係。

進入安摩斯國後，紈褲們來到漢弗萊他們租住的旅館，然而卻早已人去樓空。向旅館老闆打聽過後，他們相信沈夜已被人救走了。

於是他們便打算利用關城門的機會，尋找失蹤的沈夜等人。反正無論沈夜躲在哪裡，總要出城的，而他們只要守在城門附近，把所有要出城的馬車檢查一遍就好。

於是才有一眾紈褲子弟攔截下男爵大人的馬車這一幕。

當克里門聽到有人要檢查自己的馬車時，竟是不怒反喜。如果這事發生在以前，他一定會因爲有人挑戰他城主權威而大發雷霆。可是現在……誰都好，快來救救我！男爵大人我正被人挾持著啊！

沈夜皺了皺眉，先一步用伊凡友情提供的匕首抵著克里門腰部。若是以前的克里門，一根指頭就能打倒沈夜；然而現在鬥氣被封、身體又還在發麻，卻被一個不懂武藝的少年用一把匕首逼得不得不妥協，這讓素來自視甚高的男爵深感屈辱。

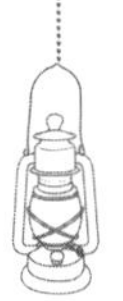

克里門卻不知道，伊凡之所以能封住他的鬥氣，還是託這位他看不起的少年的福。這個世界原本並不存在封鎖鬥氣的技巧，也沒有人會往這方面想。畢竟使用鬥氣都是在戰鬥的時候，最重要的是打倒敵人。因此，人們多年來對鬥氣的研究與訓練，主要都是爲了提升戰鬥力。

然而某天伊凡偶然聽到沈夜對喬恩說著一則武俠故事，聽到「點穴」這種功夫時忽然靈光一閃，覺得這方法在現實中可行。在伊凡這位異世界居民眼中，「內力」就是「鬥氣」，「經脈」就是鬥氣運行的路徑。那麼，用鬥氣堵塞住對方運行鬥氣的路徑，是不是就能達到沈夜故事中的點穴效果？

於是在喬恩興致勃勃鑽研藥劑的同時，伊凡也不聲不響開始了他的研究。結果，還眞讓他領悟到這種創新又沒人想到的鬥氣技法！

伊凡還把這種方法上報給阿爾文，可惜眾人練習後最終都宣告失敗。畢竟這種「點穴」功夫看似容易，可是實際操作起來卻需要很高明的鬥氣控制技巧。

不過，這並不表示伊凡比阿爾文他們出色。只是因爲伊凡的鬥氣量本身並不高，而他戰鬥的訓練更著重隱密性，務求做到一擊必殺，這無形中強化了伊凡出手的精準度。因此發現能用鬥氣點穴前，伊凡本身已能非常精確地控制鬥氣了。

相反地，阿爾文的鬥氣豐厚，戰鬥時都像不要錢地外放；而且因為習慣依賴鬥氣攻擊，他的鬥氣不自覺帶有一絲銳意。而點穴是把鬥氣輸入對方體內，要是一失手就會把人弄廢，這也是阿爾文一直學不到這手法的原因。

不過點穴一事雖然神奇，其實卻很雞肋。因為敵人只要激發鬥氣護體，便可阻止他們堵塞經脈，唯有對方無法反抗時，這一招才能生效。可是既然已制住了人，那還要多此一舉來點穴幹嘛？

因此阿爾文嘗試過點穴的難度後，加上其雞肋性，便決定不推廣了。伊凡喜歡的話，就讓他自個兒去折騰算了。

然而現在伊凡用事實告訴大家，天生我材必有用，點穴很雞肋，可是脅持人質時卻很好用喔！

這次也全靠伊凡出手，眾人才敢讓沈夜單獨與克里門待在馬車裡。

除了封住克里門的鬥氣，伊凡還封閉了他下半身的知覺。也就是說，現在的克里門只有上半身能動，而且還是處於因麻痺而動作遲緩的狀態。

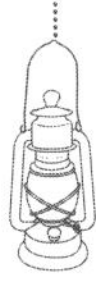

因此，他雖因沈夜的威脅而懊惱，卻也不敢做出任何動作，不然沈夜手中的七首往前一捅，他的小命就沒了！

然而氣憤同時，克里門卻又開始有些心癢癢，沒節操地覺得被小美人持刀脅持其實也挺帶感的。

也許這次事情結束後，回去與那些歌姬玩玩角色扮演？

克里門男爵突然覺得自己思如泉湧、靈感滿滿啊！

幸好沈夜並不知道對方在想什麼，不然說不定手一抖便給他捅出幾個血洞了。

這次肯尼思派人綁架他國賢者，茲事體大，知情人士必須是他信得過的人。肯尼思的死士要不是折損於上次在遺跡的暗殺，不然就是因賈瑞德回國後的報復而傷亡。剩餘下來的小貓三、四隻全都護在肯尼思身邊，肯尼思捨不得、也不敢讓他們離開皇城。

於是這位二皇子便選擇了他的髮小們前去接應。畢竟是從小一起玩的兄弟，總比一般手下更值得信任，不是嗎？

至於漢弗萊與雷班，他們是肯尼思從奴隸市場高價買回的高手，因爲主僕契約的關係，倒是不用擔心對方叛變。

然而肯尼思卻沒想到，他對自己髮小委以重任，但這些紈褲子弟有沒有這個能耐執行好任務呢？

雖然二皇子因爲有這些髮小背後的家族支持，一直以來獲得不少好處；但也因總是看重這些打罵不得、還要好好供起來的部下，而忽略了眞正的有能之士。

加上這些紈褲子弟爲了保住自己身爲二皇子心腹的地位，暗地裡可沒有少打壓眞正有能力的人。結果在危難時，能拿得出手的就只有這些人，以及簽訂了主僕契約的奴隸，想想也滿可悲的……

偏偏肯尼思還沒有自覺。這個男人自視甚高，從不接受任何人說他的不是。只要這些髮小稍微奉承他一下，肯尼思便會覺得對方懂做人、是個可造之材。

至於那些認眞做事、爲了肯尼思好而勸告他改變惡習的下屬，自然便是不識抬舉、不從管理的老鼠屎了。

原本這些紈褲子弟得知肯尼思要求他們去接人時，還覺得是個輕鬆的好差事。

但現在出了問題，他們這些嬌生慣養的富家子弟既希望能夠領功，卻又不願意辛勞，現在逼不得已在陽光下站數個小時找人，已是滿心煩躁。

要不是此刻面對的是男爵的馬車，他們早已強行衝去盤查了。

對方好歹是名男爵，多一事不如少一事，應該多少給他個面子。可是這些紈褲子弟卻打從心底看不起統領這塊偏僻地方、與被放逐無異的男爵大人，因此道明來意時表現得相當不客氣。

身為這座邊境城鎮的土皇帝，克里門已很久沒被這麼不客氣地對待了，現在被沈夜用刀挾持，又被埃爾羅伊帝國來的人看輕，男爵大人氣得都快要吐血了。

克里門器量狹小，不只恨著沈夜一行人，還因為紈褲們不客氣的話語，記恨上了對方。

見男爵露出忿恨的神情，沈夜都樂了，心想現在能夠救他的就只有肯尼思的手下，克里門卻先把人恨上了，這到底算什麼啊？

沈夜聽到外面的人要求檢查車廂，便警告地揚了揚手中七首。克里門被七首指著，即使再不願意，只得裝出平靜的嗓音說道：「我明白了，先前貴國的二殿下已預先向我做出請求，希望我能協助你們。既然如此，你們就看一看吧！我的馬車內就只有一位新收的美人，可沒有藏著你們所說的黑髮少年。」

二皇子的手下聞言便打開車廂的門，果見裡面只有男爵和一名少女。克里門的馬車延續他的喜好，外表金碧輝煌地賺飽了眼球。爲了方便他與女伴在行車時進行各種play，車廂內部空間頗大，而且地面還鋪著厚厚的獸皮。

偏偏那麼大的空間，那名漂亮清純的少女仍是緊緊貼著男爵而坐，也不知是因爲他們的闖入而害怕，還是正向男爵撒嬌。

他們不知道沈夜之所以與克里門貼那麼近，只是爲了要用身體遮住抵在克里門腰間的匕首。

車廂內並沒有其他雜物阻擋視線，裡面狀況一目了然，一看便知道藏不了人。而男爵大人的護衛隊全都是二十多歲的青年，顯然不是他們要找的少年。因此這些人看了一圈車廂內部後，揮了揮手便讓男爵出城了。

克里門看這些紈褲連一句「謝謝」都沒有，一副用鼻孔看人的模樣，實在氣得不行。偏偏那些人仗著埃爾羅伊帝國二皇子的威勢，克里門再生氣也不敢找他們的

麻煩。

男爵看到守城護衛和看熱鬧民眾見他被人搜查馬車時的眼神，更是覺得難堪萬分。

現在克里門對這些紈褲的怨恨已超越對沈夜他們，成爲他最想報復的排行榜No.1了。畢竟沈夜他們對付他也只是在暗地裡，這些人卻是明晃晃地失他面子！

見克里門氣得咬牙切齒的模樣，沈夜忍不住莞爾。

□

騙過了肯尼思的手下，沈夜等人再次朝城門出發，眼看就要離開安摩斯國。

然而馬兒才剛邁開步伐，卻聽到其中一名紈褲喊道：「等等！」

眾人只得再度停下馬車，車廂內的沈夜因爲緊張，不由自主地加大握著刀柄的力度，心裡猜想這些人爲什麼放走他們後，又要求馬車停下來？難道被他們看出什麼不對勁的地方嗎？

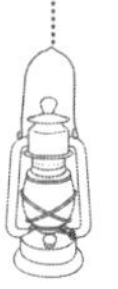

沈夜心中閃過各種猜測，豈知下一秒便聽那名紈褲要求：「男爵大人，你車裡的美人還滿合我心意的，不知你願不願意割愛？價錢好說。」

這名紈褲輕飄飄的一句話，瞬間激起千層浪！

原本阿爾文他們已因這些肯尼思的手下突然再次喊停，而做好了戰鬥準備，怎料對方目的卻與他們心裡各種猜測天差地遠！

他們並不是看出了任何破綻，而是看中沈夜的美色！

等等！看中沈夜的美色？

看中沈夜的美色！

沈夜的美色!!

這是什麼神展開!?

被視作交易物品的沈夜本人更是被那名紈褲的話雷得不行。少年手一抖，偏離了克里門腰間的匕首便往下掉，銳利的匕首直直插入克里門的大腿！

「啊!!好痛，你幹嘛？我又沒說讓他買！」克里門覺得好委屈。他什麼都還沒說啊，爲什麼用匕首插他？

「意外意外！我不是故意的。」沈夜連忙拔出匕首，卻見對方大腿立即噴出一道小小的血噴泉，少年心虛地從空間戒指中取出一瓶治療藥劑讓他灌下去。

馬車外的人聽到克里門的慘叫聲，頓時面面相覷。尤其那些圍觀的平民更是一臉八卦，心想難道是那美人不爽克里門要賣掉她，便出手打人嗎？這美人也太剽悍了吧!?

然而滿心崇拜著美人剽悍性格的同時，他們卻也爲對方捏一把冷汗。克里門雖然多情但也無情，他喜歡美人，但對於搶到手的美人，新鮮感卻持續不了多久。有了新歡後，很快便對舊人不聞不問。

運氣好的，被男爵大人養在男爵府的一處小角落；運氣不好的，則被當成送人的物品，又或者賣去一些不乾不淨的地方，絲毫不會顧念舊情。

現在車廂裡的美人竟膽敢對克里門出手，只怕她的下場將會淒慘得很。不見那美人出手後便立即後悔，連連推說是意外嗎？

話說那美人的聲音有點中性啊……雖然很清亮，但不是他們想像中的嬌柔嗓音。原來克里門男爵喜歡這款的嗎？

就在眾人想著美人也許要倒楣之際，卻聽到馬車內靜默了片刻，男爵的聲音再度響起：「抱歉，這女的我還沒膩，可不能送人呢！」

克里門的話出乎眾人意料，大家忍不住猜測那位美人到底是怎樣的傾國傾城、風姿綽約，才能在出手傷了男爵後，還讓他護著自己，堅定地拒絕對方的請求？

而在眾人心目中已成美若天仙的大美人沈夜，正一臉嫌棄地拿克里門的衣服來擦掉匕首上的血跡。

那名開口討要美人的紈褲，原本以爲這是一件手到擒來之事。他願意向克里門這個小地方的男爵開口，已經很給他面子了，對方應該興高采烈地雙手奉上美人才對。

這紈褲沒想到卻迎來始料未及的拒絕，頓時覺得失面子，一怒之下正想發作，卻被身旁同伴阻止並警告道：「別胡來！我們還有任務，要算帳的話遲些再說，反正他住在這裡又跑不掉！」

發話者雖然阻止了同伴出手，可一番充滿輕蔑的話語卻故意說得很大聲，顯然一樣覺得男爵不識抬舉。而且他們本就看不起克里門，把話說出來也不怕得罪對方。

果然紈褲不客氣的話一出，圍觀民眾開始竊竊私語起來。

在以前，克里門男爵在他們心目中就是最至高無上的存在。雖然人民知道還有皇族這些比男爵更高的階級，可是那些對他們來說太遙遠了，根本沒有現實感。

然而，現在看著掌握他們生死的男爵被人當面嘲諷、完全不敢反駁的窩囊模樣，民眾覺得男爵在他們心中原本很巨大的形象就像被針刺的汽球般，「啵」的一聲爆破了。

雖然最後克里門拒絕了那名紈褲的要求，可是眾人仍看出他在那些人面前的虛怯。之前聽那些紈褲向守城的衛兵自報門戶，他們還只是埃爾羅伊帝國二皇子的手下呢！真要計較的話，這些紈褲又不是他們國家的人，在安摩斯國領土內，他們的身分其實比克里門這位男爵還低。可是克里門在他們面前卻只是忍氣吞聲，被當場丟面子也不敢說什麼！

如果埃爾羅伊帝國二皇子親自前來要人，克里門還敢拒絕嗎？只怕不要說是個當成玩物的美人了，若二皇子看中他的妻子，克里門恐怕也得雙手奉上吧？

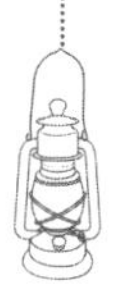

不得不說，這次的事情實在大大打擊了克里門在這座城鎮的威望。

見克里門這樣地欺善怕惡，阿爾文與路卡不禁想起很久以前，沈夜曾對小時候的他們諄諄告誡：皇族與貴族天生高人一等，可是獲得人民崇敬與優渥資源的同時，他們也有著相應的責任。

不然身分再高貴都是虛無的，要是別人不再甘願效忠，他們這些所謂的貴族隨時會從高高的雲端上摔落。沒有任何東西，比自身實力更加實在！

就像眼前的克里門，他現在擁有的一切都是別人給予的，實力根本撐不起自己的身分。人民之所以聽命於他，只是因爲他的爵位，根本不是他這個人本身。

若有一天，克里門的貴族身分沒了，那他將比路邊的乞丐更不如。

相反地，阿爾文與路卡之所以受人民愛戴、崇敬，是因爲他們的戰功與政績。正因爲他們這些皇族能引領國家走向更好的道路，他們對於國家、對於人民才會是無可取代的存在。

那位自稱來自神祕國度的少年，雖然仍帶著年輕人的青澀，有時還顯得有些傻乎乎的，又特別容易心軟。但就是這麼的一位少年，總是能說出睿智而發人深省的話語。

正因爲有沈夜的出現、受到了他的影響，才會有現在的他們吧？阿爾文與路卡一直都是這麼想的。

沈夜並不知道阿爾文他們看到克里門這活生生的負面教材後生出的諸多感慨，他聽著肯尼思手下對克里門滿滿嘲諷的話，惡劣地想：克里門是住在這裡跑不掉沒錯，可是我就不奉陪了。

至於克里門，他早已被這些紈褲子弟氣得眼前陣陣發黑，狠狠地心想：這裡是我的領地，你們有本事就留下來，看看到時候誰倒楣!?

很顯然，這群紈褲連串的嘲諷讓克里門的仇恨值從沈夜他們身上轉移，現在他已顧不得沈夜等人，滿心只想著該如何找回場子。

對克里門來說，私人恩怨遠比他身爲男爵的責任更重要。

身爲這座城鎮的統治與保護者，克里門理應盡己所能地懲治沈夜這些對城鎮治安構成威脅的惡人才對。

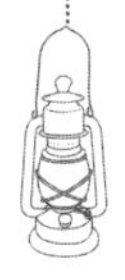

然而當克里門的仇恨都轉移至那幾名紈褲身上後，卻反把沈夜他們拋諸腦後了。尤其對方指明喜歡沈夜時，克里門不僅沒有抓緊機會求救，反倒爲了自己的面子與對方鬧得很不愉快，白白錯過獲救的機會。

Chapter 10
小藥劑師的奴僕

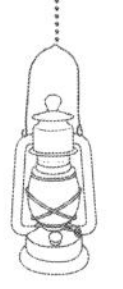

沈夜一行人挾持著克里門成功離開安摩斯國國境後，並沒有立即把人放了，而是帶著男爵大人再走了好一段路，直到離艾爾頓帝國只有一天路程時，才把人放了回去。

伊凡爲克里門解開穴道後，路卡一臉溫和地向男爵大人道歉：「克里門大人，其實我們一直很敬仰大人您的威名。大人管治的城鎮井井有條，不比任何大城鎮遜色。可惜我們這次遭仇人追殺，必須趕在仇人追來前出城，情急之下只得脅持大人以便逃命，眞的十分抱歉。」

克里門聽到路卡的解釋，臉色稍稍明朗。任誰第一眼看到路卡，都會覺得這名俊美青年是個溫潤謙和的人，而他說的話語總是十分眞誠。只要路卡願意，很難不讓人留下好感。

見克里門神情稍微緩和，路卡續道：「現在我們仍要繼續趕路，就不與男爵大人您多談了。只是您回去後還請小心，那幾位自稱埃爾羅伊帝國二皇子手下的人說不定還在那裡等著您，他們也許不會善罷甘休。」

克里門聽到路卡的話，腦海裡立即浮現那幾名紈褲囂張的臉，頓時語氣惡劣地說道：「哼！你以爲我會怕他們嗎？我還擔心那些人已經跑掉了呢！這就不用你們費心了！」

路卡對於克里門惡劣的態度不以爲意，仍是一副謙謙君子貌：「既然克里門大人您有信心能對付他們，那我們就安心了。」

雖然看不起克里門的爲人，但眞要說的話，雙方並沒有太大的仇恨。因此要脅克里門與他們一同出城時，眾人沒有把事情做得太絕，而是讓克里門帶一個車伕同行，免得眾人離開後，出現男爵大人親自駕車回城的尷尬局面。

本來克里門就已記恨著幾名肯尼思的手下，在聽了路卡那番名爲擔心、實爲煽風點火的話後，回到城鎮更是卯足了勁與那些紈褲對抗。

至於那些紈褲，尤其是被拒絕請求的那一位，看到男爵大人回來時竟然把美人弄沒了，頓時覺得克里門故意與他們作對，連一個玩物也吝惜著不送給他！

於是在互看不順眼、雙方同樣是嚴重中二病患者的情況下，他們鬥了起來。一邊是埃爾羅伊帝國二皇子的人，一邊是小地方的地頭蛇，雙方直把這座小城搞得翻天覆地。

而此刻，沈夜並不知道因爲他們的出現，爲那座邊境小城帶來了莫名其妙的混亂。經過多天的舟車勞頓，沈夜終於再次踏上他熟悉的國土。雖然少年被綁走的日子並沒有很長，可是一路上發生了不少事，現在終於能回到家，想想還眞有點小激動呢！

「沈夜哥哥！」才剛入城，沈夜便聽到一聲熟悉的呼喚。正要回首時，腰部便受到一陣猛烈的撞擊，害沈夜差點吐出不久前吃下的午飯！

沈夜垂首一看，便見一顆毛茸茸的小腦袋埋在他的腰間。沈夜高興地勾起嘴角，伸手摸摸孩子的頭，栗色的天然鬈短髮一如記憶般地柔軟。

感覺到頭上傳來的溫暖，早早便在城門等候的喬恩終於忍不住，哇的一聲哭了起來。

無論是黑喬恩還是白喬恩，無論是狡猾還是怯懦，她們都很少哭泣。可是自從來到沈夜身邊後，她們卻彷彿解除了某種枷鎖，已不只一次在沈夜面前止不住眼淚。

「沈夜哥哥……你不見了……嗚嗚……我很想你……」孩子邊哭邊訴說著自己這段時間的驚惶與思念，結果哭著哭著便打起嗝來。偏偏打著嗝還不願意閉嘴，於是邊哭邊打嗝邊說，模樣既可愛又可憐，看得沈夜心疼萬分。

沈夜哄了好一會兒，喬恩這才收起了眼淚，可是仍止不住打嗝。她愈是焦急，嗝便打得愈厲害，喝水也沒用。

於是小孩傷心了，原本已收起的眼淚再次有了決堤之兆：「嗝！沈夜哥哥，我，嗝！我停不下來怎麼辦？」

沈夜也不知道該怎麼辦，只得告訴孩子不要管它，等一會兒自然會好。爲了分散孩子的注意力，少年向喬恩說著這段時間發生的事；而沒那麼在意後，喬恩果然不知不覺間便不再打嗝了。

當聽到沈夜被那些綁匪欺負時，喬恩立即睜大蜜色眸子說道：「沈夜哥哥不怕！我長大以後會保護你！」

沈夜聽到孩子的話，心都要融化了，抱起小喬恩親了親：「喬恩乖，妳已經保護到沈夜哥哥了。這次我之所以能脫險，也全是靠小喬恩妳給我的鈕釦喔！」

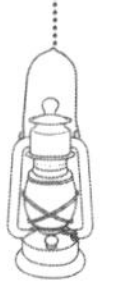

孩子聽到沈夜的話，立即驕傲地挺起胸腔：「我會更加努力的，多做些有用的東西送給沈夜哥哥！」

就在沈夜滿心感動之際，卻見喬恩一改先前純眞的表情，踮踮地仰起了頭：「不過有了我給的藥劑，你還拖到安摩斯國才能夠脫險，眞是沒用啊！」

面對黑喬恩的鄙視與不以爲然，沈夜好脾氣地笑道：「所以我以後只能靠妳們了，小黑。」

黑喬恩臉上一紅，心裡因爲沈夜對她的信任與依靠感到十分高興，可是嘴巴卻依舊不饒人：「哼！誰教你總是讓人不放心，我就只好想辦法保護你吧！」

沈夜忍住大笑的衝動，抱著喬恩，順著她的話連連稱許道：「是的是的，喬恩眞的好棒！」

路卡與阿爾文見狀不禁相視而笑。沈夜總是不吝惜稱讚孩子，並且能輕易看到對方的優點。記得他們小時候，有時明明做的只是很小的事，但是對方仍是毫不猶豫地給予讚賞。

沈夜這種教育方式並沒有讓他們恃寵而驕，反而他們因不想使少年失望，做事情變得更加主動，只希望能獲得對方更多的讚賞。

看黑喬恩的模樣，雖然他對沈夜的讚許表現出不屑一顧，可是閃動著喜悅的亮晶晶眸子，卻完全洩露出心裡的歡喜。

其實得知黑喬恩的存在時，路卡他們曾擔心有著如此偏激性格的孩子，會不會某天對沈夜造成傷害。

但看到這次喬恩因爲沈夜被綁架，而發自內心地傷心和擔憂後，他們總算放了心，這才眞正接受了喬恩的另一個人格。

□

回國後，沈夜什麼事都不做，謝絕一切訪客，閉門在家休息了好幾天。

相較於沈夜的悠閒，其他人則忙碌多了。阿爾文增加了護衛隊的操練，而路卡也大幅修改了護衛隊的編制，簡直把賢者府打造成固若金湯的銅牆鐵壁。

沈夜卻覺得加派菁英來保護他這個不常出遠門的賢者，實在太浪費了。畢竟這

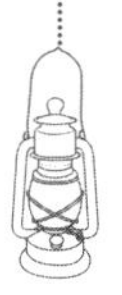

次只是個別事件，世上哪有那麼多肯尼思這種沒腦又手握重權的人呢？

最後還是賽婭說服了他：「怎麼會浪費呢？少爺對艾爾頓帝國那麼重要，要是沒有少爺出謀獻策，豈不是艾爾頓帝國重大的損失嗎？而且像這次，連路卡陛下都親自出動，要是陛下出了什麼事，那後果就更不堪設想了。少爺，也許您不喜歡家裡出現太多外人，但為了大局，還是領受陛下的好意，讓他們留下來吧！」

沈夜猶豫片刻，便點頭答應留下這些守衛。其實他並不是討厭家裡多了守衛，又或者覺得失去隱私什麼的。少年只是單純覺得把菁英都派到他家裡當守衛，實在是浪費人才。

不過賽婭說得對，現在他的身分不比以前當個小作家的時候了。然而小市民心態總是轉不過來，不習慣有那麼多人的守護與跟隨。不過這次在國內都能出事，還是防患未然比較好。

沈夜也知道這次真的嚇到路卡他們，如果這樣能使他們安心，那他決定妥協。

幸好路卡了解沈夜不喜歡張揚，沒有要求他外出時帶著一大串護衛隨行。不過四周到底躲了多少暗衛，沈夜就不得而知了。

沈夜自己樂得逍遙，但城堡那裡，卻因賢者大人被擄一事而變得忙碌起來。

既然沈夜安然回到國內，安全有了保障，那麼被肯尼思手下綁架一事便不用再隱瞞。此事公開後，一眾大臣譁然，紛紛提出要讓埃爾羅伊帝國給個說法。

而素來脾氣很好的皇帝路卡這次也動了怒。不僅向埃爾羅伊帝國發出嚴正抗議，還調動軍隊前往邊界，大有一言不合便訴諸武力的打算！

一些大臣對皇帝如此強硬的態度感到憂慮，雖然埃爾羅伊帝國近年國力有衰弱的趨勢，但終究是與艾爾頓齊名的四大帝國之一，若眞的打起仗來，艾爾頓帝國即使戰勝也必定得付出沉重代價。

這些大臣並不敢直接向盛怒的皇帝進言，原本想找沈夜這個當事人進行勸說，偏偏他這幾天閉門謝客，於是轉而去找正在城堡辦事的阿爾文。

對於阿爾文這位皇兄，路卡還是非常敬重的，只要能說服阿爾文出面，便等於說服了路卡。

阿爾文聽完大臣的來意後，咧了咧嘴，反問：「你們爲什麼會認爲，我會答應

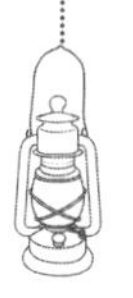

幫忙說服路卡？」

大臣們面面相覷。阿爾文是強大的武者，此刻毫不保留地外放出威壓，頓時讓在場眾人膽戰心驚得話都不敢說。

阿爾文斂起笑容，用力一拍桌子。「砰」的一聲，實木桌子頓時被青年拍去了一角：「路卡之所以表現得如此強硬，並不只是爲了小夜，而是因爲肯尼思的做法侵犯了我們的底線！你們爲什麼不想想，要是這次忍氣吞聲，讓對方輕輕一句道歉便把事情帶過，那麼下次，是不是又會有他國派人潛入、擄走人才？連自身安危都無法保障，誰還會願意爲我國效力？此次事件影響極其嚴重，而且涉及原則性的問題，我們絕對不能退讓寸步！」

聽完親王殿下的話後，這些原本覺得路卡小題大作的大臣才恍然大悟。因爲路卡與阿爾文之前便對沈夜諸多維護，因此這次事情一出，他們第一時間便覺得路卡反應之所以這麼大，主要是想爲少年出氣。

雖然他們也很敬佩賢者大人，深感這位少年對國家的重要性。可是當事情涉及開戰的可能性，他們不得不慎重考量。

現在聽到阿爾文怒氣沖沖的責罵後，他們才發現其中牽涉的問題可大了。要是艾爾頓帝國這次選擇退讓，還不知會因此衍生出多少事端。說不定其他國家也會跟著仿效，全都跑來這裡擄人呢！反正失敗後道個歉就好了嘛！

有一些先例，是怎樣都不能開的。

難怪他們找其他同僚要一起說服阿爾文時，願意來的人不多，反而有不少人更勸他們聽路卡的話行事，只是當時他們聽不進耳裡，還覺得對方膽小怕事。只怕當時那些同僚已警覺到事情的嚴重程度，只有他們以偏概全地認爲是路卡感情用事。

既然明白了強硬手段的重要性，那麼這些大臣也不會再扯路卡的後腿。

然而還不待這些大臣做什麼，邊境便傳來消息，埃爾羅伊帝國敲響了喪鐘。

埃爾羅伊帝國的城堡裡有著一座刻劃了各種魔紋的大鐘。這大鐘打從城堡建成後便存在，只爲皇室成員敲響。

大鐘的聲音很特別，上面刻劃的魔紋能把這奇特的鐘聲傳遍埃爾羅伊帝國的每個角落，讓所有國民都能聽見。

而鐘聲敲響的次數和長短也有講究，它除了代表皇室成員出世、結婚，以及逝

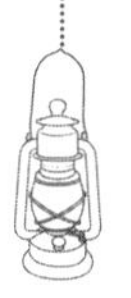

世外，還代表著這位皇室成員的位階。

這次喪鐘鐘聲所代表的含意，是埃爾羅伊帝國的皇帝病逝了。

很快地，艾爾頓帝國便收到消息，與沈夜他們有過一段戰友情誼的賈瑞德，成爲了埃爾羅伊帝國的新皇。

得知這消息時，眾人皆猜測前段時間埃爾羅伊帝國沒有派人說明肯尼思擄走賢者一事，大概是因爲皇帝已病重，國內正陷入混亂。

果然不久，路卡便接到賈瑞德的通訊，除了以埃爾羅伊帝國準新皇的名義，爲肯尼思的肆意妄爲向沈夜致歉外，更表示願意盡力滿足他們的要求，與先前不聞不問的態度有著天壤之別，合作得不得了！

對於賈瑞德這麼合作的態度，路卡並不感到意外。這名喜好權力的青年一定不會放過這次機會把他的二皇兄徹底踢出局，而埃爾羅伊帝國皇帝之所以嚥氣，說不定還是被二皇子荒唐的舉動氣死的，不然時間怎會這麼剛好？

總而言之，賈瑞德能成功坐上皇位，可謂集合了天時、地利與人和，而當中兩次關鍵的轉折沈夜他們都牽涉其中。像上次在古遺跡，以及這次的綁架事件，沈夜他們都間接出了很大的力氣。

賈瑞德身爲最大受益者，自然要有所表示才對。當然，這種事並沒有宣揚的必要，他們彼此心照不宣就好。

經過交涉，埃爾羅伊帝國不僅付出了許多賠償，還把身爲執行者的漢弗萊與雷班，以及那幾名紈褲子弟直接交由沈夜處置，讓他想怎樣出氣都行。

至於肯尼思這位罪魁禍首，因爲他再怎麼說終究有著皇室血統，雖然賈瑞德很想把他一併扔去艾爾頓帝國眼不見爲淨，但顧及皇室面子，顯然不能這麼做。不過賈瑞德藉此事爲由，盡數剪除肯尼思的羽翼，並將人軟禁在大宅裡。沒意外的話，那個人大概會一直被軟禁下去，再也無法掀起任何風浪。

賈瑞德處理的手法很有誠意，不僅道了歉，也嚴懲了涉案人等並同時做出賠償。對此艾爾頓帝國這方也覺得十分滿意，倒是身爲當事人的沈夜，添加了一個讓人摸不著頭緒的要求。

少年在賠償名單中，要求外借一枚血石。

這個世界的血石與地球上的紅色水晶，是完全不同的兩種礦石。這裡的血石指

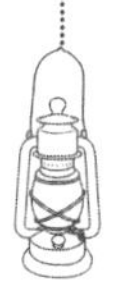

的是一種晶瑩剔透的特殊寶石，它的外表與鑽石十分相像，卻比鑽石稀有得多。雖然這種血石千金難求，但每個國家的皇室都必定存有一枚。因爲，血石是這個世界唯一能精準測出血脈的工具。

只要測試雙方各取出一滴鮮血滴上去，血石便會因應雙方血緣的深淺而展現出不同的顏色。

每當有皇室成員出世，該國皇帝便會用血石來檢測這名新成員的血脈，這也是每個國家必會爲新的皇室成員舉辦的儀式。因此在這個世界裡，並不存在皇室血統不純正的可能。

然而二十多年前，艾爾頓帝國卻成爲唯一的例外。艾爾頓的先皇，也就是路卡的父皇，某天突然下達命令，銷毀存放在城堡裡的血石，並取消了一切皇室成員使用血石的儀式。

也就是說，從那之後，就只有艾爾頓帝國的皇室成員不再接受測試並確認皇族的血統。

當時這件事在帝國掀起了軒然大波，不少大臣想要阻止這莫名其妙的皇命，但那時皇帝態度非常堅定，仍是毀去了國內唯一的一顆血石。

而此事剛好發生在先皇抱回仍是小嬰兒的阿爾文、並將其認作義子的不久後。因此國內還傳出皇帝不能人道，才會剛結婚不久便撿個嬰兒回來當親生子來養的傳言。人們紛紛猜測皇帝是不是爲了展露讓養子繼承皇位的決心，才毀掉用來測試血脈的血石。

雖然這不像話的傳言傳得沸沸揚揚，不過很多人聽過後都只是一笑置之。畢竟皇帝還有傑瑞米這個旁系血親在呢！

即使皇帝眞生不出孩子，也不用急著找個沒血緣的小孩來繼承皇位吧？後來路卡出世，更是直接粉碎了這個謠言。不過當年皇帝爲何要毀掉血石，卻成了艾爾頓帝國多年來的不解之謎。

路卡聽到沈夜特別提出要借用血石時，忍不住好奇詢問：「小夜，你要血石做什麼？」他該不會在外面弄大了女人肚子吧？

沈夜並不知道路卡在揣測什麼，不然一定會急著解釋。

少年並未回答皇帝的提問，只是語焉不詳地道：「我要血石是有用處的，現在你先不要問，到時你們就知道了。」

路卡見沈夜不想說，也就沒再追問。反正身爲綁架案的受害者，沈夜有權向賈瑞德提出要求。

沈夜的要求並不過分，賈瑞德雖然同樣疑惑少年要血石做什麼，但仍爽快地應允下來。不過他表示血石暫時還不能外借，畢竟賈瑞德新皇繼位，一些儀式都需要血石才能完成。

對此沈夜表示理解，回覆他自己並不急著用，待往後有需要時才會向他借取，賈瑞德欣然答應。

不久，那些涉及綁架案的人，被押送到了賢者府邸。

對於這些來自埃爾羅伊帝國的罪人，路卡並沒有用法律懲治他們，而是全權交給沈夜處理。講得誇張些，即使沈夜把這些人都殺掉，也不會有任何麻煩。

該怎樣處置這些人，沈夜已早有想法。他不是變態，並不會爲了出氣而折磨對方；而他也不打算取他們性命，把人殺掉多浪費呢！這六人可是有很大用處啊！

相較於從沒受過挫折、沒了家族保護後如同驚弓之鳥的四名紈褲，漢弗萊與雷班並沒有表現出惶恐。他們算是比較了解沈夜的性情，知道這少年並非嗜虐之人。

兩人看到沈夜時，更是表達出願意侍奉並與他簽訂主僕契約的意願。畢竟漢弗萊與雷班的實力不俗，他們有信心少年會應允他們的要求。

可惜，沈夜身邊實在不缺人。先不說路卡派給他的護衛全是菁英，光是伊凡與賽婭這對兄妹，無論實力還是忠誠就已甩出漢弗萊與雷班一大段距離。

原本信心滿滿的兩人聽到少年毫不猶豫的拒絕後，都是一副無法置信的模樣。他們本來還想勸說少年太年輕，可別爲了出一口氣而意氣用事。可是在看到沈夜身旁侍女隨手揮出幾道火光爲少年點燈後，這番話便被立即默默吞回肚子。

難怪覺得這名侍女怎麼好像似曾相識，原來她就是與搜索隊一起進入安摩斯國的女魔法師啊！

身邊的貼身侍女竟是魔法師！有沒有這麼誇張!?

漢弗萊與雷班立即明白沈夜爲什麼毫不在乎他們是否效忠了，然而可笑的是，兩人被押送進賢者府途中時，還自信滿滿地認爲憑他們的實力，只要願意示弱，沈

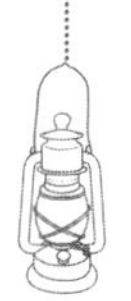

夜應該會不計前嫌地收他們為手下。畢竟綁架沈夜時，他們並沒有對他做什麼太過分的事，不是嗎？

但現在他們看到沈夜出乎意料的強大底蘊後，不禁覺得剛剛的提議根本是自取其辱。少年雖然沒說什麼，可是兩人發現賽婭的魔法師身分後，頓時覺得被打臉，臉超痛的啊！

兩人感到尷尬的同時，心頭更生起與四名紈褲子弟相似的恐慌。先前他們自恃實力，認為能夠打動沈夜，並未擔心往後的待遇；可是現在被拒絕後，頓時覺得前途茫茫，不知道這個與他們有所嫌隙的少年會如何做出處置。

沈夜看著神色充滿不安的六人，雙手按在喬恩肩膀上，將孩子推向前，對六人淡淡說道：「你們與喬恩簽訂主僕契約，從此以後你們就是喬恩的僕役。」說罷，不待六人鬆一口氣，沈夜接著補充：「試藥用的。」

六人聞言皆瞬間愣住，漢弗萊遲疑著詢問：「這孩子……呃，小主人她是藥劑師？」

沈夜道：「喬恩正在學習調製藥劑。」說罷便不再說明，完全沒有繼續解釋的意思。反正這些人無權拒絕，簽訂主僕契約後，他們的性命便掌握在喬恩手上，只要心裡有反抗的念頭，契約自會讓他們生不如死。

沈夜對他們沒有絲毫同情，無論是漢弗萊還是雷班、那四名紈褲子弟，都不是好人。尤其是那些紈褲，欺男霸女的事可沒少幹過，落到現在的下場根本是罪有應得。

六人聽著沈夜的解釋，再看到喬恩那副被養得嬌嬌軟軟的小公主模樣，皆不約而同地鬆了口氣。心想這小孩年紀這麼小，頂多只是個藥劑師學徒，能煉製的藥劑種類及其危險性也有限。而且看她對沈夜充滿依賴的樣子，似乎性格也很柔弱，並不像會惡意刁難僕人的惡主。

於是六人立即應允下來，甚至在簽訂主僕契約後還鬆了口氣，覺得歸這個小孩管比想像中的結果更加理想。至少當一個小孩的保母，怎麼想都是很輕鬆的工作。

在往後很長一段時間，這六人只要一回想他們當初的想法，都會感嘆自己實在太天真了。現在的他們並不知道自己已落在怎樣的一個小惡魔手上，還笑得一臉滿足。

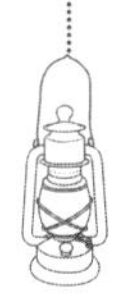

而最開心的人，莫過於一眾護衛們。他們這段時間被黑白喬恩拿來試藥，早已苦不堪言。雖然小孩很有分寸，給他們喝下的藥劑/毒藥都死不了人，但有時卻免不了受點罪。現在有專門讓喬恩試藥練習的倒楣鬼，他們總算能解脫了。

喬恩也因獲得試藥的僕從而滿心歡喜，對於這六個欺負過沈夜哥哥的人，小喬恩可不會像對待那些護衛般如此溫柔，已摩拳擦掌想著等會兒要拿他們去試什麼樣的藥劑了呢！

❀尾聲

漢弗萊等六人被交給喬恩處置後沒多久，因弄丟沈夜而到城堡領罰的柯特也回來了。

青年看起來像沒事人一樣，但沈夜知道這次事情雖說情有可原，可是柯特身爲他的護衛隊長的確是失職了，所受的責罰一定不輕。不過對方不說，沈夜也不會提起這件事。

然而自從柯特回來後，這名原本開朗的青年便一直蔫蔫的、沒什麼精神，沈夜觀察了兩天後，決定找機會與對方好好談一下。

趁著晚上天氣很好，能清楚看到漫天星光，沈夜便拉著柯特到花園賞星，順便進行一場雇主與雇員之間的心靈交流。

「看著這麼美麗的星空，心情好點了嗎？」其實沈夜也不太擅長安慰別人，因此他決定單刀直入。

柯特聽到沈夜的提問，垂頭喪氣地詢問：「很明顯嗎？」青年這副無精打采的模樣活像隻沒精神的哈士奇。

沈夜點了點頭：「嗯！你最近很沒精神，大家都很擔心。」少年頓了頓，試探道：「如果方便的話，你可以告訴我發生了什麼事。我或許幫不上什麼忙，但把事情說出來，總比悶在心裡舒服。」

柯特見沈夜小心翼翼開解自己的模樣，心頭一暖，鬱悶的心情也彷彿變得輕鬆了些。

青年伸了個懶腰，雙手枕在腦後，席地仰臥在草地上：「啊……其實也不是什麼大事，只是我失戀了。」

沈夜聞言愣了愣：「是那名你休假時經常約會的女生嗎？爲什麼？你們不是相處得很愉快嗎？她還送你護身符呢！」

聽到沈夜的詢問，柯特苦笑著解釋：「她已經對我說清楚了，其實一直以來都是我自作多情，她喜歡的另有其人。而她送護身符給我，只是因爲她知道我的工作性質，擔心我遭遇危險。」

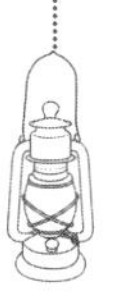

正所謂旁觀者清，當局者迷，沈夜聽完柯特的解釋後，總覺得有點不對勁：「如果只是視你爲朋友，那麼她一直以來的舉動，以及送給你護身符這種貼身物品的行爲，也太容易讓人誤會了吧？我倒覺得她和你多次約會是有意親近你。」

柯特嘆了口氣，右手放在胸口位置，隔著衣服握著那枚他隨身佩戴的護身符：「算了，反正現在彼此都說開了，以前的事再提起來也沒有意思。」

沈夜挑了挑眉：「是嗎？可是我看你的模樣，可不像是看開的樣子。既然眞的喜歡，就去追求好了。不然人家已說了不喜歡你，而且還心有所屬，你繼續將護身符戴在身上就太不適合了。」

「也對，我一直戴著的話，讓別人誤會就不好了。何況她……」何況她是錫德里克家族的千金，喜歡的人是路卡陛下，又豈是他能妄想的。

沈夜不待柯特把話說完，便已擺了擺手，道：「這與別人無關，我只是覺得，你一直貼身戴著暗戀對象送的東西，會更加難以把她忘記。不過話說回來，其實那個女生只是心有所屬，不是還沒成功嗎？你也可以再努力一下嘛！」

柯特嘆了口氣：「她與她的心上人從小就認識，而且已暗戀對方很多年。所以我是沒有機會了。」

沈夜聞言也不再勸說，感情是十分私人的事，柯特放棄與否，自己這個外人也不該多說什麼：「你自己想想吧！要是真的決心放棄，那還是斷得乾淨比較好，感情這種事最忌諱拖拖拉拉。」

柯特眨也不眨地盯著沈夜，沈夜奇怪地問：「怎麼了？」

「沒什麼……只是覺得沈夜大人好有經驗啊！」

沈夜臉上一紅，實在不好意思告訴柯特，他剛剛這些話其實都是紙上談兵。別說談戀愛了，沈夜甚至連暗戀女生的經驗都沒有，在戀愛方面是完完全全的白紙一張，又怎會有所謂的經驗之談呢？

幸好花園很幽暗，柯特倒是沒察覺到少年的異樣，逕自仰望著星光，追悼著自己早逝的愛戀。

□

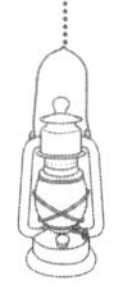

此時，身爲柯特與沈夜話題中心的瑪雅，正與巴德商討沈夜被綁架一事。

「瑪雅，妳說要成爲路卡的妻子、當上艾爾頓帝國的皇后，我不反對。可是妳對付那個賢者做什麼？錫德里克家族之所以能擁有現今地位，妳知道陛下付出了多少努力嗎!?我們給予妳的支持，並不是爲了做這種沒意義的小事！」巴德的話充滿了質問與責備。

瑪雅心裡不忿，表面上卻是一副被罵得抬不起頭來的樣子，含淚的眼眸楚楚動人：「我並不是無緣無故對付沈夜，而是那個人不知爲何對我非常防範，還影響路卡他們對我的看法。這樣一來，我們很多事就難以施展了，所以我才……而且這次的事我並沒有直接參與，只是派人暗中告知肯尼思，沈夜會到邊境視察商隊一事。我做得很隱密，即使是肯尼思本人，也只會以爲是自己無意間探聽到沈夜的行蹤，絕不知道是我洩露給他的。」

瑪雅的解釋合情合理，巴德對此卻不以爲然：「把話說得冠冕堂皇，別以爲我不知道妳在想什麼，妳根本只是爲了私怨才對付他的吧？雖然我不知道那個沈夜如何得罪了妳，可是我不希望再有這種事發生。要是再出什麼亂子，就別怪我們捨棄妳，亞伯勒陛下可不需要我行我素的棋子！」

說罷，不待瑪雅再說什麼，巴德便單方面切斷了與她的通訊。

瑪雅咬了咬牙，心裡並未因巴德剛才一番話而打消對付沈夜的念頭，反而還將剛剛受到的屈辱，全都怪罪到少年頭上。

一切都是那個沈夜不好，從一開始在晚宴上遇到，他便處處與她作對。如果沒有沈夜這號人物，她在宴會裡必定能華麗麗地給路卡留下好印象。偏偏因爲沈夜的介入，她費心算計好的回歸劇碼就這樣被破壞得面目全非。不僅沒有引起路卡的憐憫與注意，還讓對方對她產生了懷疑；而佩格那個賤人，更還到處宣傳她是個心機婊！

幸好路卡仍是看得出她的好，甚至還有了娶她的念頭。結果呢？又是沈夜！又是因爲這個人，說服路卡再觀察看看，還直白地表示她不適合成爲皇后！

自從回到皇城，瑪雅隱隱有種感覺，自己原本的生活不應該像現在這樣子的。都是因爲沈夜，讓一切偏離了軌道。

瑪雅有預感，只要一天不除沈夜，她就無法達成嫁給路卡、生下艾爾頓帝國繼

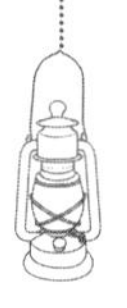

承人的目標。

眞可惜……要是這次能把人綁到埃爾羅伊帝國，讓他永遠回不來就好了……

明明她都已在沈夜被劫走後，特意抹掉那名暗衛留下來的記號了啊！

瑪雅心裡咒罵著沈夜的好運氣，並忿恨地翻看著桌面上關於這次事件的資料。

「嗯，這個克里門還滿有意思……」文件上的資料，正是關於那名被沈夜他們挾持、後來又與四名紈褲子弟鬥得不亦樂乎的克里門男爵。

瑪雅有點想去見一見這個男人。

這個人很容易被煽動，地位雖不高，可是運用得好，也能帶來不錯的效果。最重要的是，此人器量狹小，必定對沈夜他們懷恨在心，會是枚不錯的棋子。

瑪雅素來喜歡動用小人物，這些人並不會很顯眼，往往容易被人忽視，可是卻有很大的用處。而且很多時候，就連棋子本身都不知道自己在推動瑪雅的計畫，使少女可以更安全地躲在幕後操弄一切。

例如那些在城堡工作、爲她探聽情報的下人，又例如那位想要爭權而綁架他國賢者的二皇子殿下。

還有那名在賢者府工作的護衛隊隊長……
瑪雅的臉上，浮現起不食人間煙火般的清麗微笑。
克里門，這個男人能夠成爲她的棋子嗎？

《夜之賢者05》完

後記

大家好！不知不覺，《夜之賢者》這個系列已經進展了一半，要出場的角色基本上都出現了喔！不知在《夜賢》裡，大家最喜歡哪一個角色呢？

上一集，可愛的小女兒喬恩出場了，沈夜這群綠草中終於繼賽婭之後，又多了一朵嬌美的花朵。雖然喬恩這朵花長了點刺……但有女孩兒出場還是很高興吶！

當然，並不是所有花朵都討人喜歡的。大家還記得故事中還有一朵嬌嬌弱弱的白蓮花嗎？那一種我便敬謝不敏了！（笑）

故事來到第五集，我們先爲路卡終於上封面而歡呼吧XD

在這一集中，路卡陛下終於離開城堡，與眾人一起冒險了！（灑花）

因爲路卡的皇帝身分，要是讓他無所顧忌地到處跑，實在有點說不過去。因此他雖然經常出場，可是卻難以與沈夜他們一起行動。

幸好大家都沒有忘記路卡，還經常詢問他什麼時候可以上封面。這次終於有路卡隨同眾人出行的劇情，雖然當年那軟軟綿綿的小包子，已成爲不好欺負的腹黑皇帝，可是我還是很喜歡路卡這個角色，亦欣喜於他的成長。

現在的孩子們，已經能很好地照顧沈夜爸爸了，就連新加入的喬恩，這次也在故事中出了一份力，沈夜應該老（？）懷安慰吧？

說到喬恩，她已經成功融入賢者府這個大家庭。從一開始小心翼翼地生活，到後來已能盡情在賢者府裡撒野了。

我想對沈夜來說，乖巧的孩子固然惹人愛憐，可是相較於總是看別人臉色、努力想要迎合別人的喬恩，他更願意看到小女孩活潑快樂的模樣吧？

另外沈夜的護衛長柯特也在這一集裡露了臉，並且經歷了一場失戀。

雖然這麼說有點對不起正爲失戀而傷心的柯特，可是柯特你的眼光也太差啦！誰不好喜歡，怎麼就喜歡上那朵花芯是黑的白蓮花啊!?

只能說，白蓮花的道行太高深，柯特你這二貨在這位女陰謀家面前，根本無法走到一回合呢！

讓我們爲柯特點一根蠟燭吧！

上個月發生了一件令人難過的事，我家裡的花栗鼠豆丁去世了。記得飼養豆丁的時間，差不多正好就是出版《傭兵公主01》的時候。如果大家有一直關注我的臉書專頁，這五年間應該能經常看到我分享這位小王子的照片。

幸好豆丁很安詳地在睡夢中過世，對於這點我是很安慰的。

豆丁離世後，我希望能把對牠的愛延續下去，現在正注意著有沒有合眼緣、待領養的倉鼠。

也許不久的將來，「香草動物園」會增添一名成員喔！

說到「香草動物園」，這是我近期新開的臉書專頁。往後所有的寵物照會統一上傳至新專頁裡，大家有興趣的話可以上來看看呢！

歡迎大家關注我的新專頁！

寫這篇後記時，正值九月初，還在學習的各位學生們，是時候該收拾心情上學了吧！

在忙碌學習之餘，也不忘要有適當的休息喔！看小說便是不錯的消遣呢！（打廣告XD）

那麼，我們下一集見囉！

香草

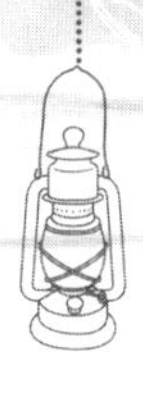

【下集預告】

夜之賢者

Sage of Night 06

沈夜因為一點私心，隱瞞了傑瑞米的去向，
卻成為瑪雅攻擊他的把柄。

對沈夜不利的流言愈來愈多，
好大一頂名為「叛國」的帽子從天而降。
被軟禁城堡內的沈夜更遭敵國間諜毒手，
面臨「消失」的危險。

除了瑪雅，另一名潛伏在城堡的間諜是誰？
眾叛親離的沈夜，能安全逃離皇城嗎……

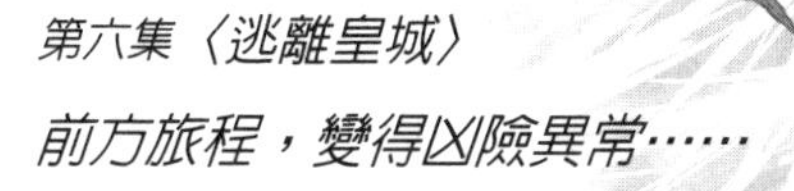

第六集〈逃離皇城〉

前方旅程，變得凶險異常……

國家圖書館出版品預行編目資料

夜之賢者 / 香草著.——初版.——台北市：魔豆文化出版：蓋亞文化發行，2016.10
冊；公分.（fresh；FS118）
ISBN 978-986-93617-0-5（第5冊；平裝）

857.7 105005230

★夜之賢者 05

作者 / 香草
插畫 / 天藍　封面設計 / 克里斯
出版社 / 魔豆文化有限公司
地址◎台北市103赤峰街41巷7號1樓
電話◎（02）25585438　傳眞◎（02）25585439
部落格◎ gaeabooks.pixnet.net/blog
臉書◎ www.facebook.com/Gaeabooks
電子信箱◎ gaea@gaeabooks.com.tw
投稿信箱◎ editor@gaeabooks.com.tw
郵撥帳號◎ 19769541　戶名：蓋亞文化有限公司
發行 / 蓋亞文化有限公司
法律顧問 / 宇達經貿法律事務所
總經銷 / 聯合發行股份有限公司
地址◎ 新北市新店區寶橋路二三五巷六弄六號二樓
電話◎（02）29178022　傳眞◎（02）29156275
港澳地區 / 一代匯集
地址◎ 九龍旺角塘尾道64號龍駒企業大廈10樓B&D室
電話◎（852）2783-8102　傳眞◎（852）2396-0050
初版二刷 / 2018年11月
定價 / 新台幣199元
Printed in Taiwan

ISBN / 978-986-93617-0-5

魔豆

魔豆